말의 결

당당하게 말하지만 상처 주지 않는

말의 결

이주리 지음

밀리언서재

좋은 말습관이 켜켜이 쌓여
말의 결을 이룬다

그때, 이렇게 말했어야 했는데…

'낙화난상지落花難上枝'라는 말이 있다. '한번 떨어진 꽃은 다시 가지에 달릴 수 없다'는 뜻으로 이미 발생한 일을 되돌리지 못한다는 것을 비유하는 말이다. 한번 내뱉은 말 역시 주워 담을 수 없다.

말실수는 내 마음 한편에 후회를 새기는 것으로 모자라 때론 날선 가시가 되어 상대의 가슴을 헤집어놓기도 한다.

"내 말에 사람들이 상처를 받았대요."

"정말 그런 의도로 말한 게 아니었거든요."

"말을 꺼냈더니 분위기가 냉랭해졌어요."

어째서 호의로 꺼낸 말들과 상대방이 받아들이는 감정 사이에

메우기 힘든 간극이 생기는 것일까?

칭찬하려고 건넨 말이 오히려 마음을 불편하게 만들고, 서먹함을 없애고자 꺼낸 한마디가 도리어 어색함을 가중시키기도 한다. 그뿐 아니라 꼭 해야 할 말이 있었는데 횡설수설하거나 머뭇거리다 결국 꺼내지 못하는 경우도 많다. 이런 경험이 쌓이다 보면 말을 잘하는 것이 차츰 숙제처럼 여겨지고 머릿속으로 수없이 되뇌어봐도 여전히 입에 설다.

말에도 결이 있다

나무나 돌을 구성하는 굳고 무른 성분들이 일정하게 켜를 지으면서 짜인 외면의 상태를 '결'이라고 한다. 우리가 하는 말에도 '결'이 있는데, '말의 결'은 생각의 깊이에 따라 다르게 나타날 수밖에 없다. 그래서 거칠고 날카롭게 상대의 가슴을 찌르는 말의 결이 있는 반면, 매끄럽고 부드럽게 마음을 어루만지는 말의 결도 있다.

저마다 가진 생각이 오롯이 말로 표현되는 것 같아도 상대방의 귀에 안착되는 말의 질감은 말습관에 따라 달라진다. 매끄러운 말습관이 정립되지 않았다면 생각의 결이 곧고 바르더라도 말의 결이 거칠게 나타난다.

당신의 말이 상대를 자주 상처 입힌다면 진심과는 다르게 '말의 결'이 거칠어서 그런지도 모른다. 호의로 건넨 말이 의도하지 않게 상처를 주고 소중한 관계가 허물어졌다면 말의 결을 이루는 말습관을 돌아보아야 한다.

말감각, 얼마든지 키울 수 있다

같은 말이라도 '아' 다르고 '어' 다르다고 한다. 같은 내용도 어떻게 말하느냐에 따라 상대의 기분을 북돋울 수도 있고 불쾌하게 만들 수도 있다. 미묘한 어감의 차이가 전혀 다른 의미로 해석되기도 한다. 오죽하면 '죽마고우도 말 한마디에 갈라진다'는 속담이 있을까. 사람들이 대인관계에 어려움을 느끼는 대부분의 이유는 '말하기의 어려움' 때문이다.

10년 가까이 스피치와 커뮤니케이션 전문가로 활동해오면서, '말' 때문에 사람들에게 오해를 받고 명예가 실추된 사람들을 많이 보아왔다. 그들은 한결같이 '정확한 속마음'을 표현하기가 어렵다고 토로했다. 그렇다면 어떻게 해야 상대에게 상처 주지 않고 또 내가 상처받지 않으면서 '있는 그대로' 전할 수 있을까?

말하기를 어려워하는 사람들의 말투를 분석하면서 '말'도 습관이며, '말감각'에 따라 '말의 질감과 결' 자체가 달라질 수 있음을 깨달았다. 안타깝게도 자신의 말습관이 잘못되었다는 것을 의식하지 못하는 사람들이 매우 많다는 것도 알게 되었다.

말습관을 고치기 위해 스피치를 배우려는 사람들은 용기 있는 사람들이다. 그러나 대부분 말을 잘한다는 것의 의미를 오해하고 있다. 말을 잘한다는 것은 단순히 막힘없이 언변을 쏟아내는 것이 아니다. 그보다는 상황과 목적에 맞게 적절한 말을 건네는 것이다. 예를 들어 칭찬을 하려고 했는데 상대가 오히려 기분이 나쁘다거나, 상대를 위로해야 하는 상황에서 충고를 한다면 결코 말을 잘하는 것이라고 할 수 없다. 때로는 잘 들어주는 것, 침묵하는 것도 필요하다. 따라서 말을 잘하기 위해서는 부단한 노력과 연습이 필요하다.

"말감각은 타고나는 거야. 내 말투는 원래 이래서 고치기 힘들어"라고 생각하는 사람들에게 이렇게 말해주고 싶다.

"좋지 않은 말습관을 깨닫는 순간부터 빠르게 개선할 수 있고, 노력하면 얼마든지 좋은 말감각을 기를 수 있다. 그리고 그것들이 훌륭한 말의 결로 드러나게 된다."

말의 결이 부드러운 사람은 상대에게 호감과 신뢰를 얻는다. 그들의 말속에는 배려가 듬뿍 담겨 있기 때문이다. '말을 잘하고 싶은데 어디서부터 시작해야 할지 막막한 사람들에게' 안내서가 되기를 바라는 마음으로 이 책을 썼다. 그들이 '분위기에 맞는 감각 있고 똑똑한 말하기'를 배울 수 있으면 좋겠다.

이 책에는 은연중에 실수하기 쉬운 말의 유형들을 분석하고 좋은 말습관을 습득할 수 있는 실전 팁을 담았다. 1장에서는 우리가 왜 말실수를 하게 되는지를 이야기하고, 2장에서는 갈등의 발화점이 되는 다양한 말실수 사례와 그것에 대처하는 방법을 소개한다. 3장에는 실생활에서 바로 적용할 수 있는 호감 가는 사람들의 매력적인 말습관을 담았다. 단기간에 말습관을 바꾸고 싶은 사람들은 3장부터 읽어도 된다.

일상에서 빈번하게 사용하고 있지만 '하지 않을수록 좋은 말', 상대에게 상처를 주거나 나의 이미지를 손상시키는 '조금만 바꿔도 듣기 좋은 말'들을 책 곳곳에 담았다. 기업 강연, 개인 컨설팅 과정에서 경험하고 깨달은 것, 스피치 교육과정을 통해 좋은 말습관과 말감각을 얻게 된 수강생들의 생생한 체험, 일상에서 흔히 접하는 대화의 사례도 담았다.

이 책을 읽는 독자들이 더 이상 서투른 표현 때문에 당혹스러운 상황에 맞닥뜨리지 않기를 바란다. '말의 결'을 가꾸고 다듬어 갈수록 관계는 돈독해지고, 신뢰는 깊어지며, 삶은 더욱 풍성해질 것이다.

스피치 커뮤니케이션 전문가
이주리

차 례

chapter 2
호감을 끌어당기는 사소하지만 강력한 화법

Chapter 1

어떤 순간에도
후회하지 않는 말습관

01

내가
진짜 하려던 말

"그런 뜻으로 말한 게 아닌데…….."

상대를 위하는 마음으로 조언했는데 반응이 차갑거나, 상대에게 분명 칭찬을 했는데 분위기가 가라앉거나, 분위기를 띄우려고 했다가 되레 '폭망'하는 것 모두 말감각 부족으로 인해 벌어지는 실수들이다.

전 세계 사람들이 '렛잇고$^{Let\ it\ go}$'를 흥얼거리게 했던 애니메이션 〈겨울왕국〉의 주인공 엘사는 태어나면서부터 신비한 능력을 지닌 공주이다. 그녀는 얼음을 자유자재로 만들 수 있는 초능력을 가지고 있다. 어린 엘사는 초능력을 사용해 동생 안나와 즐겁게 놀다가 실수로 안나를 다치게 한다. 본의 아니게 동생에게 상처를 입힌 엘사는 자신의 힘이 사랑하는 사람들을 해칠 수 있다는 사실에 두려워한다. 결국 엘사는 마음을 닫고 자기 방에 스스로를 가둔다. 그녀는 방 밖으로 나오지 않고 안나를 만나지도 않는다.

우리가 순간적으로 잘못 뱉은 말은 엘사의 빗나간 초능력과 같다. 엘사가 초능력을 잘 사용하면 사람들을 즐겁게 해줄 수 있지만 잘못 사용하면 사람들을 다치게 하는 것처럼 말이다. 잘 말하면 얼마든지 내 앞에 있는 사람에게 사랑과 관심을 표현하고 행복을 줄 수 있다. 하지만 나의 의도와는 다르게 빗나가버린 말은 상대방의 뇌리에 박히고 가슴에 상처를 남긴다.

빗나간 말이 상대의 심장에 박힐 때

누구나 한 번쯤 말을 뱉었다가 '아차!' 하는 순간을 경험해보았을 것이다. 아무리 후회해도, 한번 내 입을 떠나간 말은 주워 담을

수 없다. 내 의도와는 다른 말실수는 상대의 오해를 사고 나에게
는 후회로 남아 오랜 시간 마음을 무겁게 한다. 말실수로 인해 나
의 평판이 떨어지기도 하고, 사람과의 관계가 틀어지기도 하며, 때
로는 비난의 화살이 되어 나에게 돌아온다.

평소 네 살짜리 딸아이의 어린이집 등원 준비는 엄마인 내가 한
다. 그날은 집에서 꽤 먼 장소에서 이른 아침부터 특강을 진행해
야 했기에 남편이 아이 등원을 맡기로 했다. 그래서인지 전날 저
녁부터 괜히 마음이 분주했다. 남편에게 아침 식사 준비와 머리
묶는 방법 등을 여러 번 당부하고, 딸의 어린이집 가방과 옷, 양말,
외투, 머리핀, 신발까지 모두 준비해두었다.

1부 강의를 마친 후 잠깐 쉬는 시간에 휴대전화로 확인해보니
딸아이가 아빠와 함께 사이좋게 어린이집 차량을 기다리고 있는
'인증' 사진이 도착해 있었다. 흐뭇한 마음으로 사진을 눌러보는
순간 나는 당황한 마음에 눈을 몇 번 껌벅거렸다.

사진 속의 딸아이가 입은 옷이 이상했다. 두꺼운 니트 위에 니
트 원피스를 겹쳐 입어 불편해 보이는 차림이었다. 남편은 내가
아이에게 입히라고 챙겨둔 옷이 아니라 세탁하려고 의자에 걸쳐
둔 옷을 입힌 것이다. 어제 내가 설명할 때 시선을 텔레비전에 두
고 무조건 "응응, 알았어"라고 대충 대답한 결과였다. 고작 하루
부탁했는데 이렇게 야무지지 못해서야. 남편의 서툰 솜씨가 불만

스러웠던 나는 다음 날 친구를 만난 자리에서 사진을 보여주며 투덜거렸다.

"내가 분명히 다 준비해놨는데, 내 말은 제대로 듣지도 않고 엉뚱한 옷을 입혔어. 대체 아빠들은 왜 이렇게 엄마 없는 티를 내는지 몰라."

나는 친구에게 공감도 받을 겸 웃자고 한 말이었다. 하지만 친구는 사진을 보면서 웃지 않았고 되레 낯빛이 어두워졌다. 순간 나는 '아차!' 싶었다. 그 친구는 어릴 때 어머니가 돌아가시고 아버지 손에 자랐다. 친구 입장에서 충분히 마음 상할 수 있는 말이었다. 나는 남편의 실수와 아이의 웃긴 사진을 보여주고 싶은 마음에 친구의 상황을 배려하지 못한 것이다. 결국 나는 친구의 마음에 상처를 주었고, 친구는 굳은 표정으로 자신이 상처를 받았다는 것을 표현했다.

은영 씨는 아랫집과 층간 소음 문제로 몇 번의 불화가 있었다. 아이에게 주의를 주고 최대한 조심하는데도 아랫집이 너무 자주 항의하니 불만이 쌓였다. 거실에 앉아 아이와 함께 텔레비전을 보고 있는데도 아랫집에서 뛰지 말라고 항의를 하는 것이었다. 은영 씨는 친한 선배를 만나서 층간 소음 문제로 고통스럽다는 이야기를 했다.

"가만히 앉아서 텔레비전을 보고 있는데도 쿵쿵 걸어 다니지 말라고 연락이 온 거예요. 아랫집 사람들은 아이가 없어요. 아이를 안 키워봐서 그런지 이해의 폭이 좁은 것 같더라고요."

이 말에 선배의 표정이 굳어졌다. 은영 씨는 그제야 선배가 결혼한 지 꽤 오래되었는데도 아이가 생기지 않아 마음고생을 한다는 사실을 떠올렸다. 선배에게 미안한 마음에 밤늦게까지 잠을 이루지 못했다.

정훈 씨는 소개팅에서 자신이 오랫동안 그리던 이상형을 만나 너무 기분이 좋았다. 그녀와의 두 번째 만남에서 가슴이 계속 두근거릴 정도였다.

"지난주는 정훈 씨가 밥 사주셨으니까, 이번에는 제가 맛있는 거 사드릴게요."

그녀는 정훈 씨를 분위기 있는 레스토랑으로 데리고 갔다. 아늑한 조명에 아기자기한 인테리어가 마음에 쏙 들었고, 음식 가격이 생각보다 저렴했는데도 맛은 좋았다.

"와! 이런 레스토랑이 있는 줄 몰랐네요. 가격도 되게 싼데요."

만남을 잘 마쳤다고 생각했는데 그날 이후 그녀의 반응이 조금 차가워졌다. 연락도 뜸하고 바쁘다고 만남을 미루더니 결국에는 연락이 끊겼다. 나중에 소개해준 사람에게 이유를 듣고 정훈 씨는 그제야 자신의 말실수를 깨달았다. 정훈 씨는 단지 생각보다 가격이 싸다고 한 것인데, 그녀는 '값싼 곳'이라는 의미로 받아들였던 것이다. 자신이 신중하게 선택한 레스토랑인데, 성의를 무시당했다는 생각에 마음이 불편했다는 것이다. 물론 정훈 씨의 말은 그런 뜻이 아니었지만 이미 그녀를 다시 만날 방법은 없었다.

나에게는 '아차!' 싶은 말실수가 상대에게는 생각보다 큰 상처가 될 수 있다. 말한 사람은 당황스럽고, 듣는 사람에게는 마음의 상처가 되는 말들은 일상생활에서 의외로 빈번하게 출몰한다.

아침에 집 밖을 나가는 순간부터 사람들을 만난다. 누구나 사람들과 관계를 맺고 살아가기에 그 과정에서 말실수도 끊임없이 나온다. 뒤돌아서서 머리를 쥐어박고 집에 돌아와 이불킥을 해도 그때뿐, 이상하게 말실수가 반복된다. 왜 그럴까?

잦은 말실수를 하는 사람들은 어떤 숨은 의도가 있다기보다는 '말감각'이 부족해서 그런 경우가 많다. 말감각은 어쩌면 아주 작은 차이일지도 모른다. 말감각이 좋은 사람들은 말하기 전에 상대 입장에서 한 번 더 생각하고 그에 맞는 표현을 고른다. 그러나 말감각이 부족한 사람들은 자신의 의도를 중심으로 생각하다 보니 상대의 입장을 좀 더 섬세하게 헤아리지 못한다.

상대를 위하는 마음으로 조언했는데 반응이 차갑거나, 상대에게 분명 칭찬을 했는데 분위기가 가라앉거나, 분위기를 띄우려고 했다가 되레 '폭망'하는 것 모두 말감각 부족으로 인해 벌어지는 실수들이다. 말감각이 부족하면 말 한마디로 공든 탑이 무너지기도 한다.

마음과 다른 말 한마디로 인해 나의 이미지가 안 좋게 낙인찍히기도 하고 소중한 사람과의 관계가 틀어지기도 한다. 실수할 때는 찰나의 순간이지만 틀어진 관계를 회복하고 떨어진 나의 이미지와 평판을 다시 높이기 위해서는 훨씬 더 많은 시간과 노력이 필요하다.

말감각은 아주 작은 차이다.
말감각이 좋은 사람들은 말하기 전에 상대 입장에서
한 번 더 생각하고 그에 맞는 표현을 고른다.

02

좋은 말 경험을
쌓아라

"실수가 두렵다고 입을 닫아버려도 될까?"

말실수를 반복해서 후회스럽고 때론 자존감에 상처를 입었다 하더라도 대화 자체를 단절해서는 안 된다. 소통을 피한다면 오해와 갈등이 더 깊어질 수 있다. 실수를 두려워하지 말고 감각 있게 말하는 기술을 배우자.

마음속에 담은 말을 왜곡 없이 진심 그대로 표현할 수 있다면 얼마나 좋을까? 우리는 가끔 자신의 의도와는 다르게 전달되는 말 때문에 오해를 불러일으키는 상황에 직면하곤 한다.

때로는 오해를 넘어서 상대방에게 상처를 주기도 하는데, 미안함과 민망함에 더해 자책감에 사로잡히면 자신도 괴롭다. 이런 난처한 상황이 반복되다 보니 사람들을 만나는 것도 점점 부담스럽고, 급기야 '만남'을 줄여야겠다고 생각한다. 계속 후회할 바에야 아예 후회할 상황을 만들지 않는 것이 낫다고 여기는 것이다.

걸러내지 못한 말

문호 씨는 사람들과 모임을 마치고 나면 '오늘 내가 말실수한 것은 없었나?'라고 수없이 되짚어본다. 집으로 돌아오는 길에도, 집안일을 하다가도 찜찜한 기분이 떠나지 않는다. '왜 그렇게 말을 많이 했지? 혹시 사람들이 오해할 만한 건 없었을까?'

문호 씨는 말하기를 워낙 좋아하다 보니 말실수를 할 때도 많다. 그럴 때마다 '다음 모임부터는 말도 줄이고 듣기만 해야지'라고 결심한다. 그러나 막상 사람들을 만나서 이야기를 나누다 보면 계획대로 되지 않는다. 문호 씨는 오늘도 잠들기 전 이불킥을 하면서 모임을 좀 줄여야겠다고 생각한다.

서비스업에 종사하는 경숙 씨는 고객을 응대하는 일이 많다. 그런데 최근에는 사람들과 만나는 것이 부담스럽다. 친근감을 표시하기 위해 건넨 농담이 오히려 분위기를 싸늘하게 만드는 경우가 종종 있기 때문이다. 가끔 실언이 튀어나올 때면 상대방의 표정이 눈에 띄게 어두워진다.

경숙 씨는 의도하는 것과는 다른 말들이 자꾸 튀어나와 후회할 때가 많다. 심지어 말을 이어가기 힘들 정도로 심리적 압박감을 느끼기도 한다. 경숙 씨는 말실수에 대한 스트레스를 견디다 못해 사람을 대면하지 않는 다른 일자리를 알아봐야겠다고 생각한다.

가영 씨는 대학 입시 면접을 망쳤다. 돌발 질문에 너무 당황한 나머지 첫마디부터 엉뚱한 소리를 늘어놓고 말았다. 자신이 생각하기에도 앞뒤가 맞지 않는 말이었다. 그러다 보니 이후로는 한마디도 꺼낼 수가 없었다. '내가 지금 무슨 말을 하는 거지?'라고 생각한 순간 식은땀이 흐르고, 부끄러워서 어디론가 숨고 싶었다.

결국 가영 씨는 지원한 대학에 떨어지고 재수를 하기로 결심했다. 그리고 내년에 다시 지원할 때는 무조건 면접이 없는 과로 선택하리라 마음먹었다. 인생에서 반드시 거쳐야 할 중요한 순간 중 하나를 '말'에 대한 부담감 때문에 포기한 것이다.

말실수가 반복되면 가벼운 대화조차 부담스러워지게 마련이다. 하지만 실수가 두렵다고 해서 말을 하지 않고 사람들을 멀리하는 것은 결코 해결 방법이 될 수 없다. 입을 굳게 닫으면 오히려 오해와 갈등이 더 깊어질 수 있다.

말실수를 줄이는 3가지 방법

말실수를 반복해서 후회스럽고 때로 자존감에 상처를 입었다 하더라도 대화 자체를 단절해서는 안 된다. 대화란 나의 의사와 감정을 전달하는 소통의 방법이기 때문이다. 대화 없이 사람들과 소통할 수 없지 않은가.

그렇다면 어떻게 해야 말실수를 하지 않을 수 있을까? 다음 3가지 방법을 사용한다면 차츰 말실수에 대한 두려움이 사라질 것이다.

첫째, 말에 대한 좋은 경험(기억)을 쌓자. 말하기가 부담스러운 것은 과거에 겪었던 좋지 않은 경험이나 기억에서 비롯되는 경우가 많다. 따라서 두려움을 극복하려면 좋은 기억을 주입해야 한다. 자신이 어떤 말을 해서 좋았던 경험이나 기억을 의도적으로 떠올리면 자신감이 생길 수 있다. 그런 다음 감각적으로 말하는 기술을 익히고 실제 대화에서 활용해보자. 말로써 어떤 목적을 달성했거나 상대의 기분을 좋게 했던 경험이 쌓이면 말에 대한 두려움을 떨쳐버릴 수 있다.

둘째, 호흡을 안정시키자. 심리적으로 불안하거나 긴장하면 목소리가 떨려서 호흡이 흐트러진다. 그러면 숨이 더욱더 가빠지고 말이 꼬인다. 때에 따라 너무 빠르게 말하거나 지나치게 작거나 크게 말하는 습관이 있는 사람들은 그것을 인지하는 순간 마음이 위축되어 더 이상 말을 잘 못하게 된다. 이런 경우에는 호흡만 안정되어도 생각을 가다듬어서 내가 할 말을 정확하게 전달할 수 있다.

셋째, 스스로 칭찬하고 격려하자. 말로 인한 후회와 자신감 결여를 극복하기 위해서는 많은 용기가 필요하다. 용기를 북돋우려면 꾸준히 자신을 칭찬하고 격려해야 한다. "괜찮아, 별거 아니야. 잘할 수 있어." 이와 같은 긍정적인 자기암시가 실제로 힘을 준다.

2016년 리우올림픽 펜싱 국가대표 박상영 선수가 결승전에서 헝가리 선수에게 4점 차로 지고 있을 때 사람들은 이 승부가 끝났다고 생각했다. 그러나 박상영 선수는 이 경기를 그렇게 끝내고 싶지 않았다. 그는 계속해서 '나는 할 수 있다'고 혼잣말을 되뇌었고, 마침내 역전에 성공해 한국 최초로 펜싱 에페 부문에서 올림픽 금메달을 획득했다. 이렇듯 나를 성장시키는 것은 자신을 향한 믿음임을 기억하자.

실수를 두려워하지 말고 감각 있게 말하는 기술을 배우자. 시의적절하게 꼭 필요한 만큼 말한다면 하지 않아도 될 말을 해서 눈치를 보거나, 상황에 맞지 않는 말을 하고 후회하는 일이 없을 것이다.

03

대화는
타이밍이다

"날려버린 타이밍은 다시 돌아오지 않는다."

긴장하거나 당황하면 해야 할 말을 미처 하지 못한다. 하지만 너무 늦은 말은 효력을 잃게 되고, 해야 할 말을 하지 못했을 때의 손해는 감내해야 한다. 당황하지 말고 예의를 갖추되 분명하게 나의 의사를 표현하는 연습을 하자.

영화 〈어바웃 타임(About Time)〉의 주인공처럼 '시간 여행'을 할 수 있다면 얼마나 좋을까? 주인공 팀은 시간을 되돌릴 수 있는 능력을 타고났다. 팀은 첫눈에 반한 메리의 사랑을 얻기 위해 이 능력을 마음껏 발휘한다. 어설픈 말과 어색한 행동으로 실수를 할 때마다 시간을 되돌려 자신의 말을 정정하고 메리와 후회 없이 최고의 순간들을 보낸다. 우리에게도 시간을 되돌릴 수 있는 능력이 있다면 얼마나 좋을까? 타이밍을 놓쳐도 얼마든지 되돌릴 수 있다면 말이다. 하지만 안타깝게도 현실에서는 있을 수 없는 일이다.

해야 할 말을 놓치지 않는 법

흔히 '인생과 사랑은 타이밍'이라고 한다. 원하는 결과를 얻기 위해서는 타이밍을 잘 맞춰야 한다. 대화에서도 타이밍의 중요성은 아무리 강조해도 지나치지 않는다.

평소에 말을 잘하는 사람이라도 긴장하거나 당황하면 해야 할 말을 미처 하지 못한다. 불편한 상황에 처하거나 낯선 관계로 인해 마음이 위축될 수 있다. 하지만 타이밍을 놓쳐서 해야 할 말을 하지 못한다면 자칫 큰 손해를 입을 수도 있다.

기성 씨는 회사를 대표하여 거래처와 회의를 가졌다. 중요한 협상을 위해 참가한 미팅에서 거래처 팀장의 얼굴에 불편한 심기가 고스란히 드러나자 기성 씨는 혼란스러웠다. 팀장은 기성 씨가 발언하는 내내 시선을 돌린 채 한숨을 쉬었다. 기성 씨는 팀장의 눈치를 보다가 꼭 해야 할 말을 하지 못하고 발언권을 넘겼다.

결과적으로 기성 씨는 중요한 협상을 제대로 해보지도 못하고 상대방에게 양보한 모양새가 되고 말았다. 팀장이 무례하게 군 것은 사실이지만, 회사의 입장을 밝힐 타이밍을 놓친 것은 기성 씨의 잘못이다. 결국 기성 씨는 상사에게 크게 질책을 받고 말았다.

기성 씨처럼 대화할 때 상대방의 눈치를 살피다가 꼭 해야 할 말을 하지 못하는 일은 없어야 한다. 특히 비즈니스 상황에서는 자신은 물론 회사 전체에 손해를 끼칠 수도 있다. 우리는 대인관계에서 긴장감과 불편함을 주는 사람들과 종종 마주하게 된다. 그때마다 당황하지 말고 예의를 갖추되 분명하게 나의 의사를 표현하는 연습을 하자. 자신의 입장을 제때 표현하지 못하면 기회는 두 번 다시 오지 않는다는 것을 기억해야 한다.

설득이나 주장도 물론 그렇지만 사과할 때의 타이밍은 훨씬 더 중요하다.

민성 씨는 친구와 이야기를 나누다 의도하지 않게 말실수를 했는데, 그저 얼버무리기에 급급해 사과할 기회를 놓치고 말았다.

'아까 한 말은 실수였는데…… 굳이 다시 언급하기도 뭣하고 어쩌면 좋지?'

한번 타이밍을 놓치자 그 말을 다시 꺼내기가 민망해 제대로 사과하지 못하고 넘어가 버린 것이다. 친구와의 사이가 소원해진 후에야 실수를 바로잡을 기회를 놓친 것을 후회했지만 이미 틀어진 관계를 되돌릴 수 없었다.

화술 컨설턴트 존 케이도는《한 마디 사과가 백 마디 설득을 이긴다》에서 진정성 있는 사과를 하면 오히려 이전보다 더 좋은 관계로 발전할 수 있다고 말한다. 실수는 누구나 하는 것이므로 말실수 후에 얼마나 빨리 진정성 있는 사과를 하느냐가 중요하다는 것이다.

사과할 타이밍은 상황에 따라 조금씩 다를 수 있다. 말실수를 인지한 순간 즉시 정정하고 사과하는 것이 좋다. 반면 조금 시간을 두고 나의 잘못을 되짚어본 다음 사과할 기회를 엿봐야 하는 경우도 있다. 그러나 어떤 상황에서도 상대의 마음을 헤아리고 진심으로 미안한 마음을 전해야 한다.

너무 늦은 말은 효력을 잃는다

혜진 씨는 당황하면 무조건 저자세로 말하는 습관 때문에 억울한 적이 많다. 습관적으로 미안하다는 말로 얼버무리는 일이 반복되다 보니 자괴감마저 든다.

한번은 아들 진영이가 다니는 유치원 엄마들 모임에서 당황스러운 상황에 맞닥뜨렸다. 식당 카운터에서 음식값을 계산하고 있는데 아이의 울음소리가 들렸다. 뒤를 돌아보니 아들 친구인 규진이가 울고 있었고 그 옆에서 규진이 엄마가 진영이를 다그치고 있었다. 혜진 씨는 얼른 아들한테 달려가서 울고 있는 규진이에게 사과하라고 닦달했다.

"친구한테 미안하다고 해. 어서! 규진아, 미안해. 규진이 엄마, 미안해요."

식당에서 아이가 울고 있으니 주변 사람들 눈치도 보이고, 규진이 엄마가 다그치는 것을 보고 당연히 자신의 아들이 잘못했으리라 생각했다. 그런데 규진이가 울음을 그치고 무슨 일이 있었는지 들어보니 진영이는 아무 잘못이 없었다.

집으로 돌아오는 내내 혜진 씨는 스스로에 대한 실망과 아들에 대한 미안함에 마음이 착잡했다. 예기치 못한 상황에 맞닥뜨리면 그 상황을 얼른 만회하기 급급해 습관적으로 미안하다는 말이 또 나온 것이다. '좀 더 차분히 상황을 파악했다면 이런 일이 없었을 텐데. 무슨 일인지 아이들 이야기부터 들어볼걸.' 그러나 이미 타이밍을 놓친 후였다.

대인관계에서 대화의 기술은 매우 중요하다. 대화를 잘하면 상대와 감정을 공유해서 관계가 돈독해질 수 있다. 하지만 시의적절하게 말하는 것 역시 능수능란한 화술만큼이나 중요하다. 미안해 할 이유가 없는 상황에서 사과를 하거나, 실수한 상황에서 사과하지 않는 것 모두 좋지 않은 결과를 남긴다. 상황에 맞는 말을 때맞춰 적절하게 할 필요가 있다.

당황하면 무조건 사과부터 하는 사람들은 말하기에 앞서 생각을 빨리 정리하는 습관을 가지는 것이 좋다. 사과하기 전에 "무슨 일 때문에 그러세요?" 하고 먼저 어떤 상황인지를 파악해야 한다.

자꾸 긴장하는 버릇이 있다면 호흡 연습을 하는 것도 도움이 된다. 호흡을 통해 긴장을 완화하고, 자신감 있는 목소리를 내는 훈련을 해보자. 긴장된다고 움츠리지 말고 연습을 통해 극복하자. 당황하는 대신 상대방을 살펴보면서 분위기를 파악하면 타이밍을 잡을 수 있다.

내가 하는 말이 제 기능을 다 하려면 타이밍을 잘 맞추는 것이 중요하다. 사과해야 할 타이밍을 놓치면 틀어진 관계를 회복하기가 점점 더 어려워진다. 부당함을 제때 표현하지 못하면 뒤늦게 말을 꺼내기도 어려워 결국 내가 손해를 감수해야 한다. 타이밍을 놓친 말은 효력을 잃는다.

호흡 조절만으로 말실수를 줄일 수 있다

스트레스가 쌓이면 몸속 교감신경이 활성화되어 호흡이 얕아지고 거칠어지며 빨라진다. 이때는 복식호흡을 하는 것이 좋다. 숨을 깊게 들이마셔 복식호흡을 하면 몸속 곳곳에 산소가 잘 전달되고 신체가 이완되어 스트레스 완화에 도움이 된다. 느린 호흡을 하면 교감신경계의 긴장을 완화하고, 스트레스를 유발하는 호르몬 방출을 줄이며, 부교감신경계의 활동이 늘어나 정서적으로 안정되는 효과가 있다.

또한 복식호흡을 하면 긴장했을 때 목소리가 떨리는 것을 완화할 수 있으며, 말하다가 숨이 차거나 말이 빨라지는 것을 막을 수 있다.

✖ 복식호흡 순서

1) 코로 숨을 깊고 크게 들이마시며, 입은 되도록 사용하지 않는다.

2) 숨을 들이마실 때 가슴과 배에 각각 손을 대본다. 이때 가슴에 대고 있는 손과 어깨는 움직임이 없고, 배에 대고 있는 손만 움직여야 한다.

3) 들이마실 때 배 속에서 풍선이 부풀어 오른다는 상상을 하며 복부를 부풀리고, 내쉴 때는 배 속에 있던 풍선에 바람이 빠진다고 상상하며 복부를 수축시킨다.

4) 2~3초간 숨을 크게 들이쉬고 1~2초는 숨을 참은 뒤 4~5초간 천천히
   숨을 내쉰다. 되도록 천천히 연습하고, 익숙해지면 숨을 들이마시는 시
   간과 내쉬는 시간을 점차적으로 늘린다.

처음 복식호흡을 할 때는 등을 대고 바닥에 누운 자세로 연습하면
편하다. 배 위에 책이나 쿠션을 올리고 배로 그것을 밀어내듯 숨을 들
이쉬고 내쉬기를 반복한다. 복식호흡은 특별한 장소와 시간에만 연습
할 수 있는 것이 아니라 사무실 책상에 앉아서, 또는 운전 중에도 얼
마든지 연습할 수 있다.

04

나의 평판,
말투에 달렸다

"말실수만 줄여도 사람이 달라 보인다."

대인관계에서 말로 인해 이미지가 손상되는 사람들이 매우 많다. 말습관만 변해도 인정받고 사랑받는 사람이 될 수 있으며 나의 평판과 이미지는 얼마든지 긍정적으로 바뀔 수 있다.

정숙 씨는 자신이 운영하는 의류 매장에서 일할 새로운 매니저를 고용하기로 했다. 다행히 지원자는 동종 업계에서 오랫동안 경력을 쌓았고 호감을 주는 인상이었다. 이력서에서 받은 첫인상이 좋았기 때문에 정숙 씨는 면접에 대한 기대가 컸다. 그러나 막상 지원자와 이야기를 나눠보고 정숙 씨는 실망을 금치 못했다.

지원자는 반말을 섞어서 말하는 습관이 있었다. "응응, 맞아", "그랬구나. 나도 그때 그랬잖아", "아이고, 별걱정을 다 하셔"라며 처음 보는 사람, 그것도 자신을 고용하려는 사람 앞에서 은근슬쩍 말을 놓는 것이었다. 정숙 씨는 대화를 나누는 내내 언짢은 기분을 느꼈다. 정숙 씨는 매니저가 시급했는데도 이번 지원자를 채용하지 않기로 했다. 매니저는 직원과 고객을 동시에 관리해야 하는 중요한 접점에 있는 사람이다. 지원자의 언어 습관으로 보아 두 업무 모두 좋은 결과를 기대하기 어렵다고 생각했다.

다른 사람에게 자연스러운 친근함을 표현하고 싶을 때 반드시 알아야 할 것이 있다. 친근함은 말투에서 나오는 것이 아니라 상황에 맞는 태도와 상대를 향한 배려에서 나온다는 점이다. 반말을 섞어서 말하면 자칫 상대방에게 불쾌감을 줄 수 있다.

이처럼 대인관계에서 말로 인해 자신의 이미지를 손상하는 사람들이 매우 많다. 업무 능력은 뛰어난데 잘못된 언어 표현으로 인해 자신의 평판을 떨어뜨리는 것보다 억울한 일은 없을 것이다.

함께 일하고 싶은 사람

이름만 대면 알 만한 대기업에서 오래 근무한 세원 씨는 퇴사 후 자신의 이름을 내걸고 인테리어 회사를 차렸다. 대기업에서 오랜 경력을 쌓았기에 세원 씨의 마음에는 자신의 실력에 대한 자부심과 열정이 가득했다. 세원 씨가 회사를 차리고 얼마 되지 않아 지인에게 연락이 왔다.

"내가 잘 아는 사람이 이번에 대형학원을 개원하면서 8억 원 규모의 인테리어 공사를 한다기에 세원 씨를 추천했어. 세원 씨가 이쪽 분야에서는 최고로 실력 있다고 얘기해놨으니 잘해봐."

세원 씨는 클라이언트를 만났다. 지인의 소개도 있었고 준비한 프레젠테이션도 무난히 마쳤기에 당연히 계약이 성사되리라 생각했다. 그런데 계약이 틀어졌다. 허탈한 세원 씨는 지인에게 계약이 체결되지 않은 이유를 물어보았다.

"그 사람이 본인을 대하는 세원 씨 말투가 많이 언짢았다고 하더라고. 인테리어에 대해 세원 씨가 강압적으로 지시하는 것 같은 느낌을 받아서 불쾌했대. 앞으로 공사하는 동안 오래 봐야 하는데, 세원 씨 대하기가 불편할 것 같다는 거야. 큰 계약이었는데 아쉽게 됐네."

세원 씨는 자신이 클라이언트에게 했던 말들을 떠올려보았다.

"무조건 이렇게 하셔야 합니다. 사장님이 몰라서 그러시는데, 거기에 그 재료를 넣으면 단가만 비싸집니다. 제가 알아서 잘해드릴 테니 그건 신경 쓰지 마시고……."

세원 씨는 고압적인 태도와 의뢰인을 무시하는 듯한 말투 때문에 큰 기회를 놓치고 말았다. 세원 씨는 클라이언트에게 전화해서 자신의 태도가 지나쳤다고 진정성 있게 사과를 했다. 그 뒤부터 클라이언트와 사람들을 대할 때 부드럽게 말하며 최대한 귀를 기울이려고 노력했다. 3년쯤 지났을 때 이전의 클라이언트가 세원 씨에 대한 좋은 평판을 듣고 찾아왔다. 지방에 기숙학원을 새로 개원하기로 했는데 세원 씨와 일하고 싶다는 것이었다.

자신이 상대보다 전문적인 식견을 더 많이 갖췄다는 이유로 상대방의 말을 자르거나 단언하는 말투를 사용해서는 안 된다. 부정적인 말로 분위기를 망치거나 상대방의 이야기를 흘려듣는 사람도 불쾌감을 준다.

"저렇게 이야기하는 사람하고 사업을 진행하면 내가 많이 힘들겠어."

"저 사람 말은 못 믿겠는데."

"같이 일하는 내내 불편할 것 같아."

반대로 상대방의 입장에서 공감하고 경청하는 사람은 대화를 나누는 것만으로도 가까워지고 싶다고 느낀다.

"저 사람 이야기는 왠지 신뢰가 가는군."

"말에서 진정성이 느껴져."

"상대를 기분 좋게 해주는 사람이야."

말실수는 나의 평판을 좌우한다. 말실수를 조금씩 줄여나가면 자신감을 되찾을 뿐 아니라 좋지 않았던 이미지를 개선할 수 있다.

잘못 던진 말은 부메랑이 되어 돌아온다

구인구직 기업 벼룩시장은 자사 소셜네트워크를 방문한 직장인 890명을 대상으로 '직장인의 말실수'에 관한 설문조사를 했다. 그 결과 직장인의 89퍼센트가 회사에서 말실수로 곤란했던 적이 있다고 대답했다. 이처럼 말실수를 하는 사람들이 예상보다 많다. 그렇다면 직장에서 가장 많이 하는 말실수는 어떤 것일까?

✖ 직장인이 가장 많이 하는 말실수 유형

1. 직장 동료 험담 실수(27.6%)

2. 부적절한 단어 사용으로 인한 실수(26.5%)

3. 호칭 실수(15.7%)

4. 끼지 말아야 할 상황에서 말실수(14.6%)

5. 상대방의 자존심을 건드리는 말실수(10.3%)

✖ 말실수 때문에 어떤 좋지 않은 영향을 받았는가?

1. 말실수를 했던 상대방에게 계속 미움을 받았다.(35.1%)

2. 직장 내 이미지가 나빠졌다.(27.4%)

3. 나에 대한 좋지 않은 소문이 퍼졌다.(17.3%)

4. 업무 협조 등을 받지 못하고 혼자 일하는 시간이 많아졌다.(11.0%)

5. 시간이 흘러 똑같이 당했다.(6.7%)

설문조사 결과에서 볼 수 있듯이 직장인들이 가장 많이 하는 말실수 유형으로 '직장 동료에 대한 험담과 부적절한 단어 사용'이 과반수를 차지했다. 그리고 이런 말실수로 인해 상대방에게 지속적으로 미움을 받거나, 직장 동료들 사이에서 자신의 이미지가 나빠졌다는 답변을 한 사람이 3분의 2에 달했다.

직장에서 말실수로 인해 하루 종일 접촉해야 하는 동료들과 관계가 틀어진다면 직업 안정성에 무시 못 할 위협이 된다. 따라서 말실수는 단순히 '후회되지만 반복되는 경험'으로 치부할 것이 아니다. 평판과 이미지를 좌우하는 문제이기 때문이다. 이 책에 나오는 여러 가지 유형들의 말실수를 곰곰이 살펴보고, 자신의 문제점을 찾아내어 개선한다면 말실수를 크게 줄일 수 있을 것이다.

자연스러운 친근함은 말투에서 나오는 것이 아니라
상황에 맞는 태도와 상대를 향한 배려에서 나온다.

나는
어떻게 말하는가?

"내 말습관부터 알아차리자."

말 잘하는 사람이 되고 싶다면 자신의 말습관부터 점검해야 한다. 변화는 '나의 모습을 알아차리는 것'에서 시작된다. 익숙해진 말습관을 고치기 위해 보완이 필요한 부분을 찾아보자.

누군가와 대화를 하고 나서 오히려 답답함이 쌓이거나 창피함이 밀려온다면 무엇부터 해야 할까? 앞서 말한 것처럼 입을 아예 닫아버리거나 사람들을 만나지 않는다고 해서 달라지는 것은 아무것도 없다.

'감각 있게 말 잘하는 사람'이 되고 싶다면 가장 먼저 내 말습관과 특징부터 알아차리자. 나의 현재 상태를 깨닫는 것에서부터 변화가 시작된다.

말 잘하는 사람이 되기 위한 첫걸음

심리학 용어 중 '메타인지'라는 것이 있다. '메타인지'란 내가 무엇을 알고 있고 무엇을 모르고 있는지 자각하는 것을 말한다. EBS에서 방영한 〈0.1퍼센트의 비밀〉이라는 프로그램에서 색다른 실험을 통해 메타인지가 왜 중요한지를 보여주었다.

상위 0.1퍼센트 아이들과 보통 아이들을 두 그룹으로 나눠서 전혀 연관성 없는 25개의 단어를 보여주고 기억나는 단어를 노트에 적으라고 했다. 이 실험에서 중요한 것은 학생들 모두 검사를 받기 전 '본인이 몇 개까지 단어를 기억해낼 수 있을지' 예상 개수를 밝힌 점이었다. 과연 두 그룹 중 어느 그룹이 단어를 더 많이 기억했을까? 실험 결과는 아주 흥미로웠다. 누구나 상위 0.1퍼센트 아이들이 훨씬 더 많은 단어를 기억했을 거라고 짐작할 것이다. 하지만 두 그룹 아이들이 맞힌 단어 개수는 거의 차이가 없었다.

두 그룹이 미리 예상한 단어 개수에서 중요한 사실이 발견되었다. 상위 0.1퍼센트 아이들은 자신이 예상한 것과 거의 유사한 개수의 단어를 기억했고, 보통 아이들은 자신의 예상과 실제 기억한 단어 개수가 큰 차이를 보였다. 상위 0.1퍼센트 아이들은 자신의 능력을 명확하게 인지하고 있는 반면, 보통 아이들은 그렇지 않았다는 것이다.

이러한 인지 능력이 아이들의 학습에는 어떻게 적용될까? 상위 0.1퍼센트 아이들은 자신이 아는 것과 모르는 것을 확실하게 구분하고 자신에게 부족한 부분을 보충하려고 노력한다.

말습관도 이와 같다. 익숙해진 말습관을 고치기 위해서, 감각 있게 말을 잘하기 위해서는 먼저 나의 말습관을 정확히 알아차리고 어떤 부분을 보완해야 하는지 알아야 한다. 그러나 습관이라는 단어에서 알 수 있듯이 말습관은 이미 굳어져 무의식적으로 나오는 것이기에 스스로 문제점을 알아차리기가 쉽지 않다. 오랜 시간 체화된 것이므로 정확한 목표를 가지고 스스로를 예민하게 돌아보지 않는 한 문제를 발견하기 어렵다. 이럴 때는 어떻게 하면 좋을까?

어떤 기업의 회장이 나에게 개인 컨설팅을 의뢰한 적이 있다.

중요한 조찬 모임에서 강렬한 인상을 줄 만한 연설을 하고 싶은데, 잘해내지 못할까 봐 불안하다는 것이었다. 연설문을 이메일로 받아보니 내용은 흠잡을 데 없이 유려하고 감동적이었다. 그러나 컨설팅을 위해 실제 리허설을 참관해보니 연설문을 읽었을 때의 감동이 전혀 느껴지지 않았다. 무엇이 문제였을까?

멋진 연설문의 매력이 반감된 가장 큰 이유는 원고 사이사이에 무의식적으로 끼워 넣은 말습관 때문이었다. 그분은 말할 때마다 '그……'라는 추임새를 넣곤 했는데, 듣는 사람의 귀에 거슬릴 정도로 자주 반복되었다. 무의미한 군소리가 반복되자 연설 내용에 대한 전달력과 감동이 현저히 떨어지고 집중을 방해했다.

"회장님, 연설하실 때 '그……'라는 불필요한 추임새가 여러 번 반복되네요"라고 말하자 그분은 "그런가요? 그 이야기는 처음 듣는데……"라며 전혀 납득하지 못했다. 오히려 "원고 내용도 다 외웠는데 그게 문제가 되나요?"라고 되물었다. 그래서 답변 대신 그분의 리허설 장면을 촬영한 영상을 보여주었다. 자신을 객관적으로 바라봐야 개선할 점이 무엇인지 알 수 있다.

그분은 본인이 반복한 '그……'의 횟수를 세어보더니 줄이기에 돌입했다. 그동안 느끼지 못했던 시선 처리와 자세에도 불필요한 습관이 있음을 인지하고 교정에 들어갔다. 노력한 결과 그분은 실제 연설을 성공적으로 마쳤다. 이전과는 확연히 다른 매끄러운 연설에 사람들도 좋은 반응을 보였다.

익숙한 말습관부터 버리자

감각 있게 말하는 법을 코칭하면서 느낀 점은 자신이 어떤 말습관을 가지고 있는지 모르는 사람들이 많다는 것이다. 자신이 잘못된 말습관을 가지고 있다는 것조차 모르고 있으니 어떻게 고쳐야 할지도 생각해본 적이 없다.

대화를 나눌 때마다 상대방의 말을 끊고 자신이 하고 싶은 이야기 위주로 하는 사람은 본인이 잘 끼어든다는 것을 인지하지 못할 수 있다. 대화에서 말하는 비중이 압도적으로 많거나 반대로 아주 적은 사람들도 자신의 말습관을 인지할 필요가 있다. 대화란 결코 혼자서 할 수 없는 것이기 때문이다.

상대방과 자연스럽고 매끄러운 대화를 주고받으려면 경청도 필요하고 적절한 리액션이 동반되어야 한다. '나는 과연 감각 있게 말하는지' 스스로를 점검해보자. 편안한 마음으로 내가 했던 말들을 되짚어보자. 분명 내 의도와는 다른 결과나 반응을 초래한 적이 있을 것이다. 내 말습관이 적절한지를 '알아차리기' 위한 실전 팁은 2가지로 정리할 수 있다.

첫째, 내가 말하는 모습을 촬영한 영상을 보거나 음성 녹음을 들으면서 자신을 분석하는 것이다. 요즘은 휴대폰으로도 얼마든지 녹음과 영상 촬영을 손쉽게 할 수 있다. 제삼자를 관찰하듯이 내 모습과 말투를 살펴보면서 개선할 점이 무엇인지 찾아내자.

둘째, 주변 사람들에게 물어보자. 내가 말하는 모습이나 내용이 어떤지 들어보면 많은 도움이 된다.

처음 만나는 사람들에게 내 직업이 스피치 강사라고 소개하면 가장 많이 듣는 질문이 "제 말투는 어때요?", "제 말습관은 어때요?"라는 것이다. 아주 긍정적인 질문이다. 나도 모르게 잘못된 언어 습관을 구사하는 것은 아닌지 알고 싶은 마음, 더욱 유창하게 말하고 싶은 마음이 담겨 있기 때문이다. 전문가에게 코칭을 받는다면 잘못된 말습관을 짧은 시간에 정확하게 개선할 수 있다. 하지만 그것이 어렵다면 용기를 내어 주변 사람들에게 물어보자.

나 혼자서는 이미 익숙해진 말습관과 반복되는 실수를 개선하기 어렵다. 나의 말습관에서 어떤 점이 부적절해 보이는지 다른 사람들에게 조언을 구하자. 그리고 잘할 수 있다는 자신감과 긍정적인 마음으로 자신의 말습관을 돌아보자. 자신의 말습관을 알아차렸다면, 말 잘하는 사람이 되는 길로 한 걸음 내디딘 것이다.

첫인상을 결정하는 55퍼센트, 몸짓과 손짓

미국 UCLA 심리학과 명예교수인 앨버트 메라비언이 《침묵의 메시지Silent Messages》에서 발표한 메라비언의 법칙The Law of Mehrabian은 스피치 이론에서 빠지지 않고 등장할 만큼 널리 알려져 있다. 메라비언의 법칙은 사람의 첫인상은 상대방의 호감과 직결되는데 '첫인상은 말하는 내용 7퍼센트, 목소리(억양, 말의 높낮이, 빠르기, 크기) 38퍼센트, 시각적 요소(몸동작, 시선, 걸음걸이, 외모, 의상) 55퍼센트로 결정된다'는 이론이다. 사람의 이미지와 인상을 결정하는 데 있어 목소리와 외모 등의 비언어적 요소가 93퍼센트를 차지할 정도로 커뮤니케이션에 미치는 영향력이 매우 크다.

상대방의 호감도를 높이고 싶거나 더욱 전문성 있게 말하고 싶다면 말습관과 더불어 나의 몸짓도 점검해보자. 누군가에게 매력적이고 열정적으로 보이려면 전달하고자 하는 언어와 비언어를 조화롭게 사용해야 한다.

✖ 효과적인 제스처를 위한 기본 자세

1. 손은 배꼽과 명치 사이에 자연스럽게 포개놓는다.

2. 팔은 겨드랑이를 붙이지 않고 'ㄴ' 자로 살짝 띄어야 자연스럽다.

3. 지시할 때는 상체 범위 안에서 손을 움직이되 흐느적거리지 않고 정확하게 손을 뻗는다.

4. 특정 지점을 가리킬 때는 손가락을 벌리지 않고 붙여서 뻗는다.

기본 자세가 몸에 익숙해졌다면 강연 전문가들이 제스처를 어떻게 사용하는지 적극적으로 관찰해보자. 테드^{TED}나 세바시(세상을 바꾸는 시간, 15분)를 비롯한 강연 프로그램에서 전문가들의 특징과 자연스러운 손짓을 모방하는 것만으로도 효과적인 제스처를 익힐 수 있다.

✖ 전문가들이 많이 사용하는 손짓 3가지

1. 손바닥 사용하기 : 손바닥을 보여줌으로써 열린 모습을 표현한다. 손바닥을 아래로 뒤집어 손등을 보여주며 자신감과 단호함을 표현한다.

2. 손가락 사용하기 : 검지 하나만 펴서 '이 한 가지가 가장 중요합니다'라는 뉘앙스를 전달한다. 엄지와 검지를 붙이고 OK 사인을 보내면 사려 깊어 보이며 메시지 전달력을 높일 수 있다.

3. 가슴에 손 얹기 : '나의 말은 가슴에서 나온다'는 공감을 표현할 수 있다.

Chapter 2

호감을 끌어당기는
사소하지만 강력한 화법

01

횡설수설하지 않는
생각 정리법

"말이 너무 많으면 뜻이 제대로 전달되지 않는다."

해야 할 말이 정리되지 않아 횡설수설하면 상대는 무슨 말을 하는지 알아듣지 못한다. 길게 늘어놓는 말보다 간결한 문장이 전달력을 높인다.

예상하지 못한 상황에 당황하거나 말을 잘해야겠다는 생각에 사로잡히면 의도하지 않게 말이 길어진다. 핵심을 간결하고 정확하게 전달해야 하는데 필요 없는 군더더기를 주저리주저리 말하기 때문이다. 길게 말한다고, 많이 말한다고 말을 잘하는 것이 아니다. 쓸데없는 군더더기는 오히려 전달력을 떨어트리고 나의 불안감을 상대방이 고스란히 느끼게 된다.

말에도 마침표가 필요하다

편도염에 걸린 딸아이가 열이 40도까지 오르자 초보 엄마였던 나는 덜컥 겁이 났다. '똑 소리 나게 말하자'고 스피치 강의를 하는 내가 정작 두려운 마음이 들자 도대체 무슨 말을 해야 할지 몰랐다.

"선생님, 아이가 약은 먹었는데 열이 계속 올랐고요. 그리고 또…… 아, 설사는 했는데 몇 번 했더라…… 그 설사할 때 막 세 번인가 네 번인가……, 내가 사진을 따로 찍은 것 같은데 휴대폰이 어딨지……? 아무튼 처지고 놀기는 또 노는데 코가 많이 막히고 가끔 기침해요. 또…… 놀 때는 기침을 안 하고…… 열이 난 지는 3일 정도 된 것 같아요. 열이 40도까지 오르고…… 아, 그래도 밥은 먹어요."

아이를 안고 횡설수설하는 나에게 나이가 지긋한 의사 선생님이 침착한 어투로 이야기했다.

"어머니, 정리해서 얘기해보세요. 그래서 열이 몇 번 나고, 설사를 몇 번 했다고요?"

진료하는 내내 한 발짝 뒤에서 바라보던 친정엄마는 속상하고 답답한 마음에 병원을 나서자마자 쏘아붙였다.

"스피치 강사라는 애가 왜 아이 얘기만 나오면 조리 있게 말을 못하니!"

스피치 강사인 나도 예외가 아니듯이 사람들은 당황하거나 불안하면 생각을 정리하지 못하고 떠오르는 대로 그냥 내뱉는다. 그러나 불안한 상황일수록 해야 할 말을 정확하게 전달해야 한다. 말이 왜곡되지 않아야 상황이 악화되는 것을 막을 수 있고, 다급한 문제일수록 처리하는 데 걸리는 시간을 줄일 수 있다. 그날 진료실 의자에 앉아 조금 더 차분하게 말했다면 어땠을까?

"안녕하세요, 선생님. 아이가 해열제를 3일째 먹고 있는데 열이 안 떨어지네요. 지금 38도인데 심하면 40도까지 올라간 적도 있어요. 코가 계속 막히고 가끔씩 기침도 하고요. 설사도 하루에 서너 번 합니다."

이렇게 차분히 말했더라면 아이의 상황을 더 명확히 전달할 수 있었을 것이다. 당황스러운 순간에도 중요한 내용을 정확하게 전달하려면 다음 2가지만 기억하자.

첫째, 생각을 정리하고 말하자. 매번 정리할 시간이 허락되지 않을 수 있지만, 의식적으로 전달하고자 하는 메시지를 정리하려고 노력할 필요가 있다. 복잡한 내용이나 대하기 어려운 사람과 이야기하기 전에 할 말을 종이에 적으면서 정리해보는 것도 좋은 방법이다. 이렇게 하면 서두에 꺼내야 할 이야기를 뒤로 미루지 않고, 불필요한 반복을 피할 수도 있다.

둘째, 긴장할수록 쉼표를 잊지 말자. 최근 인터뷰를 했던 어느 기자는 이야기할 때 종결어미 대신 접속사를 남발해서 무슨 말을 하는지 핵심을 이해하기 어려웠다.

"기업이나 학교에서도 점점 말하기의 중요성이 대두되고 있는데, 스펙 못지않게 대면해서 자신을 어필하는 면접이 중요도가 높은데, 그래서 지원자의 호감도가 판가름되는 말하기의 방법은 전략을 짜야 하겠고, 따로 전문교육을 받으며 면접을 준비하는 학생들이 많아지니까……."

그의 말에 '- 했다'는 없고, '- 는데', '- 했고', '그래서'의 연속이었다. 쉼 없는 이야기를 듣는 나도 숨이 가쁠 지경이었다. 나중에는 그가 언제 마침표를 찍나 신경 쓰다가 맥락을 놓칠 뻔하기도 했다. '그랬고, 그래서, 그랬는데, 그렇기 때문에'를 반복하지 않고 간결한 문장으로 이야기하자. 담백하게 이야기할수록 말하고 싶은 메시지를 정확하게 전달할 수 있다.

40초 이상 늘어놓지 마라

투 머치 토커too much talker는 필요한 말 외에 쓸데없는 말을 너무 많이 하는 사람을 가리키는 신조어이다. 이런 단어가 생긴 것을 보면 그만큼 사람들은 남의 말을 듣는 것보다 자신의 이야기를 더 많이 하는 듯하다. 이런 사람들과 대화를 하면 피로감이 커져서 결국에는 그 사람과 이야기하는 것을 기피하게 된다.

지은 씨는 같은 직장의 윤 대리와 대화를 나누기가 정말 피곤하다. 윤 대리는 자신의 사생활을 마치 SNS에 공개하듯이 속속들이 말한다. 어제도 본인이 좋아하는 가수의 현재와 과거가 어떠했는지, 본인의 딸이 좋아하는 배우 이야기까지 두서없이 1시간 넘게 늘어놓았다. 상대는 아무 관심 없는 소재를 세세하게도 이야기했다. 더구나 상대방이 자신의 이야기에 공감하는지, 관심이 있는지조차 전혀 신경 쓰지 않고 끊임없이 수다를 떨었다.

이런 말습관 때문에 윤 대리는 이미 회사 내에서는 '수다스럽고 정신없는 사람'이라는 이미지로 굳어졌다. 지은 씨도 처음에는 예의상 윤 대리의 이야기를 끝까지 들어주었다. 하지만 끝도 없는 이야기 때문에 업무 시간마저 침해되니 점차 대화를 피하게 된 것이다.

호감을 줄 수 있는 이야깃거리를 감각 있게 말하려면 어떻게 해야 할까? 대화할 때 말하기보다 듣는 것에 무게를 두자. 미국의 정신과 의사 마크 고울스톤은 《뱀의 뇌에게 말을 걸지 마라Just Listen》에서 40초 이상 말을 늘어놓는 것은 일방적인 독백과 같다고 말했다. 상대방이 관심 없는 이야기를 길게 하지 말라는 뜻이다. 상대가 나의 말에 집중할 수 있는 시간에는 한계가 있다. 장시간 내 이야기만 해서 상대의 시간을 뺏지 말자. 상대의 반응을 살펴보면 자신의 이야기에 관심 있는지를 알아챌 수 있다.

02

말을 끊으면
관계도 끊어진다

"내가 지금 말하고 있는 중이잖아."

말을 끊는 행위는 웃고 있는 상대에게 찬물을 끼얹는 것과
같다. 상대방을 존중한다면 말을 끊지 말고 온전히 대화에
집중해야 한다. 경청할 수 없는 상황이라면 솔직하고 정중
하게 양해를 구하자.

맥커터는 맥麥과 커터cutter의 합성어로 이야기를 하고 있는데 중간에 끼어들거나 대화 내용과 전혀 상관없는 이야기로 대화의 흐름을 툭툭 끊어버리는 사람을 칭하는 말이다.

혜정 씨는 이사하는 날 자칫 남자 친구와 헤어질 뻔했다. 지방에 사는 동생이 서울로 올라와 혜정 씨와 함께 살 전셋집으로 이사하는 날이었다. 그동안 혼자 서울에서 생활하며 외로웠던 혜정 씨는 새로운 시작에 마음이 들떠 있었다.

혜정 씨는 부모님의 도움을 받아 셀프 이사를 했다. 이삿짐 규모가 컸더라면 이삿짐 센터의 도움을 받았겠지만 살림살이가 적어서 굳이 비싼 포장이사비를 들일 필요 없었다.

일손이 부족하니 같은 대학에 다니는 남자 친구까지 손을 보탰는데, 이사를 한다는 것은 정말 생각 이상으로 힘들었다. 가족들의 체력은 바닥이 났고, 혜정 씨는 고단한 마음에 바닥에 딱 주저앉고 싶었다. 그런데 이사가 어느 정도 마무리될 무렵 마트에 다녀온 남자 친구가 신이 난 목소리로 말했다.

"혜정아, 네가 새로 바꾸려고 하는 휴대폰 통신사 이동에 대해 알아봤는데 인터넷이랑 같이 하면 할인이 된대. 내가 들어오다가 물어봤거든? 근데 그 사장님이……."

"오빠, 필요한 건 다 사 왔어?"

혜정 씨는 '지금 그 이야기에 집중할 힘이 없다'는 뜻으로 남자 친구의 말을 끊고 화제를 돌렸다. 그 후에도 몇 번 더 남자 친구의 말을 끊었는데, 그것이 남자 친구에게 상처를 줬다는 사실을 뒤늦게 깨달았다. 결국 남자 친구는 서글서글 웃던 모습은 온데간데없고 속상한 마음을 드러냈다.

"내 말을 중간에 딱 끊어버린 게 도대체 몇 번인 줄 모르겠다. 심지어 부모님 앞에서 말을 딱 끊어버리면 내가 얼마나 민망할지 생각 안 해봤니? 넌 진짜 나에 대한 예의가 없구나."

그 말을 듣고 곱씹어보니 그날은 정말 혜정 씨가 남자 친구의 말을 끝까지 들어준 기억이 없었다. 혜정 씨는 곧바로 남자 친구에게 사과했다. 비록 화해는 했지만 이날 혜정 씨가 남자 친구의 말을 계속 끊는 바람에 두 사람의 관계마저 끊어질 뻔했다.

끝까지 듣거나, 정중하게 끊거나

혜정 씨처럼 이야기를 하고 있는 상대의 말을 일방적으로 끊거나 다른 화제로 돌리는 것은 좋지 못한 말습관이다. "아 참, 근데요"라고 다른 화두를 꺼내는 것은 상대방의 말에 온전히 집중하지 못하고 자기의 생각에 묻혀 있는 것이다. 이것은 자칫 무례해 보일 수 있는 말습관이다.

'사람의 말을 끊는 행위는 웃고 있는 상대에게 찬물을 끼얹는 것과 같다'고 표현하는 사람도 있다. 무의식적으로 상대의 말을 끊는 습관이 있는 것은 아닌지 생각해보자.

다른 사람과 대화를 나눌 때는 반드시 경청해야 한다. '네가 무슨 말을 하는지는 알겠는데, 나 지금 그 얘기 듣고 싶지 않거든'과 같은 태도로 말을 끊고 화제를 돌려버린다면 상대방은 상처를 받을 수 있다. 상대방이 한창 이야기를 하고 있는데 자기 생각에 빠져서 "아무개 씨, 그건 다 끝났나?"라고 말을 끊어버린다면 상대는 무시당했다는 느낌을 받는다.

갑자기 떠오르는 생각을 지금 당장 말하고 싶더라도 상대의 말을 끊지 않으려는 의식적인 노력이 필요하다. 물론 대화 중에 상대의 말을 끊지 않고 내 차례를 기다리다 보면 조금 전에 떠올랐던 생각을 잊어버리기도 한다. 하지만 중요한 이야기였다면 곧 다시 생각날 것이다.

말을 끊기 전에 지금 하려고 하는 말이 정말 중요한 것인지 생각해보자. 그리 중요하지 않은 사안이라면 일단 상대방의 말을 끝까지 들으려는 의식적인 노력을 기울여야 할 것이다. 상대방의 말을 잠깐 끊어야만 하는 중요한 사안이라면, "말하는 도중에 정말 미안한데 나 이것 하나만 얘기해도 될까?" 하고 정중하게 물어본 다음 말할 기회를 구하자.

상황에 따라 상대의 이야기에 끝까지 집중하지 못하는 경우도 있다. 피곤하거나 바빠서 이야기를 끝까지 경청할 수 없다면 솔직하게 설명하고 양해를 구하자. 억지로 집중하는 척하거나 찬물을 끼얹듯이 말을 끊는 것보다 경청할 수 없는 상황이라고 정중하게 말하는 것이 대화를 가치 있게 이끌어가는 방법이다.

"미안한데 내가 지금 몸이 너무 피곤해서 이야기에 집중할 수가 없어. 정말 미안해. 다음에 다시 말해주면 안 될까?"

그다음에는 내 상황을 이해해준 상대방에게 고맙다는 인사를 하자. 이후에라도 상대방이 하고자 했던 이야기가 무엇이었는지 물어보고 관심이 있다는 것을 표현해야 한다. 그러면 상대는 존중받는다고 느낀다. 대화 중에 좋은 관계를 이어나가기 위해서는 경청의 자세와 더불어 정중하게 대화를 중단하는 자세가 필요하다.

갑자기 떠오르는 생각을 지금 당장 말하고 싶더라도
상대의 말을 끊지 않으려는 의식적인 노력이 필요하다.

되묻기,
실수하지 않는 대화법

"무슨 말인지 못 알아들었는데 어쩌지?"

잘 모르는 상태에서 대충 답하거나 정확한 답을 하기 위해 시간을 끌면 상대방은 오히려 답답함을 느낀다. 상대방의 말을 제대로 파악하지 못했다면 타이밍을 보고 센스 있게 되물어본다.

수민 씨는 불명확하게 업무 지시를 하는 팀장 때문에 골치가 아프다. 매번 상사에게 질문하기도 어려워 어림짐작으로 알아듣고 일했다가 팀장에게 "왜 일을 이런 식으로 했느냐?"며 질책을 받기 일쑤다. "팀장님이 그렇게 말씀하셔서……"라고 대꾸하면 "내가 언제 그렇게 말했어?", "왜 책임 회피하는 거야!"라는 불호령이 떨어진다. 팀장이 펄펄 뛸수록 팀원들 사이에서 수민 씨는 '말을 이상하게 하는 사람'으로 소문이 나서 너무 억울하다.

이처럼 상대의 말을 제대로 파악하지 못했는데도 상대방에게 질문하기가 조심스러워서, 또는 상대를 다 알고 있다고 생각해서 명확하게 확인하지 않고 짐작대로 일을 진행했다가 문제가 생기는 경우가 많다.

말귀 못 알아듣는 사람이 되지 않으려면

말 잘하는 방법을 배우고자 하는 사람들이 많다. 하지만 그것 못지않게 중요한 것이 상대의 말을 잘 이해하는 것이다. 상대가 말을 잘 못해서 이해하지 못했는데도 그냥 넘어가면 되레 내가 '말귀를 알아듣지 못하는 사람'으로 낙인찍힐 수 있다.

〈돈〉은 금융투자 회사를 배경으로 '돈에 대한 인간의 욕망'을 그린 영화이다. 주인공 조일현은 주식 브로커로 금융투자 회사에서 고객의 의뢰를 받아 증권 매수와 매도를 대리하는 일을 한다. 신입사원인 그는 처음으로 고객의 전화를 받는다. 고객은 다급한 목소리로 "무림전자 2만 주 시장가로 매도해, 지금 당장!"이라고 말하고는 곧바로 전화를 끊어버린다.

조일현은 고객이 매수라고 한 건지 매도라고 한 건지 제대로 듣지 못했다. 그런데 되묻기도 전에 고객이 전화를 끊어버렸다. 그는 주식을 사야 할 때인지 팔아야 할 때인지를 독자적으로 판단하고 매수를 결정한다. 첫 거래를 잘 마무리했다고 좋아하던 그에게 잠시 후 다시 전화 한 통이 걸려온다.

"야, 이 미친 새끼야! 내가 팔랬지, 언제 사랬어? 내 돈 어떡할 거냐고!"

이 일로 조일현이 속한 팀 전체가 성과급을 받지 못했고 그는 팀원들에게 미움받는 존재가 되었다. 놀랍게도 현실에서도 금융투자 회사의 이러한 주문 실수는 비일비재하다고 한다.

굳이 금융투자 회사가 아니더라도 상대의 의도를 잘못 알아채서 벌어지는 실수는 일상생활에서 빈번하게 일어난다. 상대의 의도를 정확히 파악하지 못했는데도 '상대가 귀찮아하거나 뭐라고 하면 어쩌지?'라는 걱정에 되묻지 못하는 것이다. 그러나 눈치껏 짐작해서 일을 진행했다가는 돌이킬 수 없는 실수를 할 수도 있다. 정확하게 알아듣지 못했다면 다시 한 번 얘기해달라고 정중히 요청해야 한다.

군대에서 많이 사용되는 용어 중 '복명복창'이라는 것이 있다. 상급자가 내린 명령과 지시를 되풀이하는 것이다. 명령을 받은 하급자가 상급자의 지시 사항을 명확히 숙지했는지를 확인하는 절차이다. 군대뿐만 아니라 음식점에서도 주문을 받는 종업원이 고객의 주문 내용을 다시 한 번 묻는 것도 같은 이유다.

이러한 말습관을 회사 생활에 적용하면 매우 유용하다. 상사의 말을 못 알아들었을 때, "팀장님이 말씀하신 것이 ○○가 맞나요?"라고 되물어 업무 지시 내용을 확인한다. 이렇게 하면 지시 사항을 이해하지 못한 상태에서 일을 진행하다 실수하는 것을 미리 방지할 뿐 아니라 상사가 잘못 말한 책임을 내가 대신 덮어쓸 염려도 없다.

진아 씨는 장 과장과 이야기를 할 때마다 궁금해도 물어볼 수 없어 머리를 굴리기 바쁘다. 장 과장이 지시하는 것 중에서 이해되지 않는 부분을 질문하고 싶어도 자꾸만 진아 씨의 질문을 자르고 본인 이야기만 하기 때문이다. 진아 씨는 정확한 내용을 확인하려고 눈치를 보지만 물어볼 타이밍을 잡기가 어려워 곤혹스럽다. 이런 상황에서 진아 씨는 어떻게 말하면 좋을까?

상사가 지시한 내용을 제대로 파악하지 못했다면 되도록 현장에서 바로 확인하는 것이 좋다. 상사의 말이 끝나기를 기다렸다가 물어보는 것이 바람직하겠지만, 도무지 상사의 말이 끝날 기미가 없다면 기다리다가 타이밍을 놓칠 수도 있다. 이럴 때는 예의에 벗어나지 않는 선에서 상사의 이야기를 비집고 들어가야 한다.

무례하지 않게 예의를 지키면서 질문하려면 어떻게 해야 할까? 상대를 부드럽게 응시하면서 손을 들어 신호를 보낸다. 이럴 때 손동작이 너무 씩씩하거나 과장되는 것은 좋지 않다. 적절한 타이밍에 상사가 알아챌 정도로 조심히 손을 들면서 "팀장님, 죄송한데 여쭤볼 게 있습니다"라고 말한다. 분위기상 현장에서 바로 확인하기 어렵다면 회의가 끝난 직후에 따로 물어보는 것도 방법이다.

꼼꼼한 것과 답답한 것의 차이

상대방이 내가 잘 모르는 내용에 대해 질문했는데도 성의껏 답해보겠다고 꼼꼼히 짚어가며 말하다 보면 신중해 보이기는커녕 오히려 답답한 사람으로 여겨질 수 있다. 특히 신중한 사람들은 상대의 질문에 대한 답변이 더딘 경향이 있다.

실수를 줄이고자 하는 의도가 나쁜 것은 아니지만 반응 속도가 지나치게 느리면 '답답하고 굼뜨다'는 인상을 줄 수 있다. '저 사람은 일 처리도 느릴 거야', '저 사람은 우유부단한 성격일 것 같아'라는 이미지로 굳어지기도 한다. 적어도 '예' 또는 '아니오'로 대답할 수 있는 '닫힌 질문'에는 빠르게 반응하도록 의식적으로 연습하자. 당장 대답하기 어려운 경우에는 다음 문장을 응용하여 상황에 맞게 답하면 된다.

"제가 이 내용을 정확하게 확인한 후에 다시 말씀드려도 될까요?"

"이 부분은 제가 결정할 입장이 아니라 답변드리기 어렵습니다."

"아직까지 그런 사실은 확인하지 못했습니다."

"현시점에서는 정해지지 않은 상태이지만 검토해보고 추후 말씀드리겠습니다."

상황을 예의 있게 정리하고 정확한 사실관계를 확인한 후에 다시 답변할 기회를 만드는 것이 좋다. 우물쭈물하며 답답한 인상을 주는 것보다 상황을 파악할 시간을 정중하게 구하는 것이 더 감각 있는 말습관이다.

04

공감의 말에는
내 이야기를 덧붙이지 않는다

"공감하고 싶다면 판단은 접어두자."

공감이 필요한 순간 '내 이야기'를 하는 것에 더 무게를 둔다면 그 대화는 상대를 위한 것이 아니다. 남의 일을 내 일인 양 넘겨짚거나 판단하지 말고 상대방의 말에 조금 더 귀 기울이자.

은미 씨는 친구 근영 씨 때문에 기분 나쁠 때가 종종 있다. 내 문제를 자신이 다 안다는 듯이 넘겨짚고 이야기하는 근영 씨의 말투 때문이다. 어느 날 친구들과 모였을 때 은미 씨는 근영 씨에게 최근 자신이 언니와 문제가 있었다는 고민을 털어놓았다. 은미 씨는 언니의 시댁 행사까지 자신의 일처럼 돕는데, 언니는 그런 은미 씨에게 고맙다는 말은커녕 일꾼 부리듯 명령을 한다는 내용이었다.

"우리 언니는 좀 좋게 부탁하면 어디가 덧나나? 만날 부리는 하인처럼 이거 해라 저거 해라. 언니가 그렇게 말할 때마다 정말 너무 서운해."

그러나 근영 씨는 이야기를 제대로 듣지도 않고, 언니에게 화난 이유가 단순히 몸 쓰는 일이 힘들어서 그런 것인 양 말한다.

"몸이 힘든 건 싫지. 그리고 네가 원래 몸 쓰는 일 싫어하잖아? 언니는 왜 그런 일이 있을 때마다 너를 부리니? 나 같아도 싫겠다."

은미 씨는 사실 고마움을 모르는 언니의 태도에 마음이 상한 것인데 근영 씨는 은미 씨가 힘든 일이 하기 싫어서 화가 난 것이라고 넘겨짚었다. 은미 씨는 자신이 마치 엄살쟁이가 된 것 같아 기분이 더욱 상했다.

근영 씨는 "네 기분 이해해"라고 말했지만 정작 은미 씨의 마음을 조금도 이해하지 못하고 있었다. '네가 어떻게 내 생각을 다 알아? 너는 단편적인 부분밖에 모르잖아.' 은미 씨는 근영 씨의 말투 때문에 마음이 상한 적이 한두 번이 아니다. 은미 씨는 앞으로 근영 씨와는 깊은 대화를 하지 말아야겠다고 생각했다.

상대방의 마음을 제대로 파악하지 않고 자기 멋대로 판단하면 비록 맞장구를 친다 해도 기분이 썩 좋지 않다. 상대방의 문제를 자신의 경험에만 비춰 일방적으로 판단하기보다는 상대의 말에 조금 더 귀 기울이자. 상대방이 진정 원하는 것은 문제에 대한 해답이 아니라 경청과 공감이다.

공감이 넋두리가 되지 않으려면

대화를 하는 중에 상대방이 스스로 감정을 추스를 수 있도록 한 걸음 물러나는 것이 '진정한 위로와 공감'일 수 있다. 그러나 우리는 상대의 마음을 잘 이해한다고 생각할수록 귀 기울이기보다 자신이 겪었던 비슷한 경험을 입 밖으로 쏟아낸다. 다음 대화를 살펴보면서 내 모습이 누구와 닮았는지 한번 점검해보자.

- 민지 : 나 결혼 준비하면서 남자 친구랑 싸웠어.
- 소정 : 원래 결혼 준비하면서 다 싸워. 나도 그랬어.

- 민지 : 그래? 너도 싸웠구나. 하지만 연애할 때는 거의 안 싸웠거
  든. 근데 큰일 앞두고 자꾸 이러니까 내가 좀 힘드네. 시댁
  과의 문제에 너무 나 몰라라 하는데…….
- 소정 : 얘, 남자들 다 그래. 우리 신랑은 어땠는 줄 아니? 시어머
  니랑 시누이 이야기 나올 때는 전혀 다른 사람 같았다니까.
  나도 그때 진짜 힘들었어. 오죽하면 스트레스로 건강도 나
  빠지고 얼마나 힘들었는지 몰라. 나는 정말 매일 울었어.

　우리는 상대의 이야기에 공감한다면서 내 이야기를 풀어낼 때
가 더 많다. '나도 그런 적 있어! 내가 누구보다 네 마음 잘 알아!
심지어 나는 어떤 일까지 겪었는 줄 아니? 나는 너를 충분히 이해
해.' 이런 마음이 앞서다 보면 내 이야기를 더 많이 늘어놓는다. 사
실 나의 경험을 듣는다고 해서 상대방의 갈등이 해결되지 않는다.
상대가 이야기할 때 '나도 그 마음 안다'는 것을 보여주려고 내 이
야기를 늘어놓는다면 상대방은 입뿐만 아니라 마음까지 닫는다.
　진수 씨는 몇 년 전 이명耳鳴을 앓았다. 일상생활이 힘들 정도로
심했지만 꾸준한 노력으로 잘 관리해서 지금은 좋은 컨디션을 유
지하고 있다. 한번은 대학 후배가 진수 씨를 찾아왔다. 후배는 최
근 건강이 악화되어 귀에서 소리가 들리는 이명을 앓고 있다고 이
야기했다. 그러자 진수 씨는 대뜸 말했다.

"내가 겪어봤잖아. 얼마나 힘든지 다 알아."

진수 씨는 나도 겪어본 아픔이라는 생각에 긴 시간 동안 후배에게 '예전에 자신이 아팠던 이야기'를 했다. 한참 동안 진수 씨의 투병 이야기를 듣던 후배는 시간이 되었다며 자리에서 일어났다. 진수 씨는 후배가 집에 돌아가고 나서야 후배가 말할 기회도 주지 않고 자기 이야기만 했다는 것을 깨달았다.

같은 병이라도 증상과 진행 상황이 각기 다르다. 그런데도 진수 씨는 마치 이명에 대해 다 아는 것처럼 이야기했다. '위로가 필요한 사람의 말을 들어주지는 못하고 내 이야기만 늘어놓았네. 나한테 위로를 받은 게 아니라 오히려 내가 아팠던 사연만 들어주고 갔구나.' 이런 생각이 들자 진수 씨 마음이 무거워졌다.

공감이 필요한 순간에 '내 이야기'를 더 많이 한다면 그 대화는 상대를 위한 것이 아니다. 내 마음을 앞세우지 말고 상대의 이야기를 듣자. 공감은 남의 상황을 대신 정리해주는 것이 아니라 그의 마음을 이해하는 것이다.

대화를 하는 중에 상대방이 스스로 감정을 추스를 수 있도록
한 걸음 물러나는 것이 '진정한 위로와 공감'이다.

05

자존감을
높이는 말

"당신과 이야기할수록 기분이 나빠지네요."

습관적으로 부정적인 단어를 자주 쓰거나 비관적인 말투
를 사용하면 함께 대화하는 사람의 기분까지 나빠진다. 같
은 말이라도 긍정적인 표현을 하면 대화를 나눌수록 즐거
워진다.

부정적인 말습관을 가진 사람은 의도하지 않게 상대방의 기분을 상하게 한다. 특히 매번 부정적인 단어를 사용하거나 부정적인 생각을 반복해서 드러낸다면 상대방은 결국 그 사람과의 대화를 피하게 된다. 평소에 무의식적으로 부정적인 어휘를 사용하지 않는지 살펴보자.

부정부사 '안'을 줄여라

엄마는 아들에게 확인하려는 의도이지만 말투가 협박조라면 아이의 기분은 어떨까?

"민성이 너 숙제 안 해? 오늘 안 잘 거야?"

"금방 할 거예요. 지금 하던 것만 하고요."

"이 보드게임은 사놓고 하지도 않네. 너 안 할 거면 친구 준다?"

"나중에 할 거예요."

회사에서 상사가 부정형 의문문으로 질문한다면 부하직원은 어떤 느낌일까?

"이 대리, 그 매장은 안 갈 건가? 처리 안 할 거야?"

"아, 오늘 오후에 방문할 예정입니다."

"지난번에 말했던 그 제안서는 안 올릴 건가?"

"마무리 작업 중인데 금방 조율해서 올리겠습니다."

같은 내용이라도 부드럽게 권하는 청유형 말투를 사용하면 긍정적인 느낌을 줄 수 있다. 상대방을 존중하되 그의 행동을 자신이 원하는 방향으로 이끌기 위해서는 권유하는 방식이 효과적이다.

"민성아, 정리하고 자려면 이제 숙제 시작해볼까?"

"이 대리, 제안서는 오늘 중으로 확인 가능할까요?"

습관적으로 붙이는 '안(아니)'이라는 부정부사보다 권유하고 청하는 말투가 훨씬 더 부드러운 것은 당연하다.

들을수록 우울해지는 말

최근 은경 씨는 친구들 모임에 초대받는 횟수가 점점 줄어들고 있다는 것을 느꼈다. 친구들이 자신을 빼놓고 모일 때가 많아 소외감을 느낀 은경 씨는 친구에게 전화를 걸어 이유를 물어보았다. 그러자 친구는 이렇게 대답했다.

"넌 항상 바쁘다고 해서 안 불렀어. 만날 때마다 네가 너무 바쁘다고 말하니까, 너한테는 뭘 하자고 말하기도 부담되더라고."

사실 은경 씨는 '바빠 죽겠다', '시간 없어 죽겠다'는 말을 입에 달고 산다. 무의식적으로 반복했던 불평의 말로 인해 어느새 은경 씨는 모임에 초대하기 부담스러운 사람이 되었다. 매번 '힘들어 죽겠다', '요즘 정신없어 죽겠다'고 부정적인 이야기만 반복하는 사람은 대인관계에서 결코 호감을 얻을 수 없다. 은경 씨 나름 대로 정말 힘들었던 일을 털어놓고 위로받고 싶었겠지만, 상대방에게는 앓는 소리로밖에 들리지 않는다.

같은 말이라도 긍정적인 표현을 하면 대화를 나눌수록 즐거운 사람이 된다. 부정적인 표현을 반복하는 사람도 불편하지만, 모든 일을 남과 비교하는 습관도 지양해야 한다.

은아 씨는 같이 근무하는 주경 씨와 대화하는 자리를 피하고 싶다. 주경 씨는 사소한 것조차 남과 자신을 비교하는 습관이 있어서 듣기 불편하다.

"누구 SNS 보니까 이번에 또 유럽 갔던데, 나는 동남아도 못 가네.""그 집 애는 벌써 2년치 수학 선행을 다 했다는데, 우리 애는 관심도 없어.""내 친구 남편은 이번에 승진했다던데, 우리 남편은 만년 대리라니."

은아 씨는 주경 씨와 대화를 나누다 보면 덩달아 불행해지는 기분이 든다. 은아 씨는 자신의 자존감까지 떨어지는 대화는 더 이상 하기 싫었다.

뇌를 자극하는 긍정적인 말의 힘

지금까지 부정적인 말습관이 끼치는 영향에 관해 이야기했다.

그렇다면 그 반대는 어떨까? EBS 〈말의 힘〉이라는 실험 다큐멘터리는 말이 우리에게 미치는 직접적인 영향을 밝히면서 긍정적인 말의 중요성을 강조했다.

피실험자를 두 그룹으로 나누고 30개의 특정 단어 카드를 보여준 뒤 40미터를 걷는 속도를 측정했다. 그 결과 '해 질 녘', '저물어가는', '조심스러운', '회색의', '은퇴한' 등의 단어를 접한 실험 참가자들은, '젊음', '희망', '미래' 같은 단어를 접한 참가자들에 비해 느리고 힘없이 걸었다.

예일 대학교 심리학과 존 바그 교수는 어떤 단어에 노출되면 뇌의 일정 부분은 자극을 받고 무엇인가를 할 준비를 한다고 한다. 특정 단어가 뇌의 특정 부분을 자극해 자신도 모르게 행동한다는 것이다. 이 실험을 통해 평소 사용하는 말이 우리의 생각과 행동에 영향을 준다는 것을 알 수 있다.

긍정적인 말로 하루를 채운다면 얼마나 좋을까? 그러나 우리는 하루에 긍정적인 말의 10배 이상 부정적인 말을 쏟아낸다고 한다. 내가 말하는 불평과 부정적인 단어가 의지를 약하게 하는 것을 넘어 상대방의 열정까지 꺾을 수 있다.

하얗게 센 머리가 '나만의 매력 포인트'라고 말하는 태연 씨는 나이가 무색할 정도로 고운 얼굴을 가졌다. 그녀는 이야기할 때마다 "나는 참 운이 좋은 사람이다", "나는 참 인복이 많다"고 말한다. 하지만 그녀는 젊을 때부터 여러 번 사업에 실패했고 큰병을 앓으며 힘든 시절을 겪었다.

태연 씨는 '불평을 쏟아내 봤자 변하는 것은 아무것도 없다'는 것을 깨달았다. 그리고 늘 긍정적인 말을 하려고 부단히 노력한 결과 삶이 달라졌다고 말했다. 긍정적인 언어를 사용하면 자연스럽게 다른 사람들에게도 선한 영향을 준다고 한다. 그 덕분에 태연 씨 주변 사람들도 마음가짐과 말습관이 운명을 결정한다고 생각하게 되었다.

'난 운이 좋다. 나는 잘된다'고 말하는 사람과 '내가 그러면 그렇지. 나는 안 돼'라고 말하는 사람 중 누구와 함께하고 싶을까? 긍정적인 말투는 사람을 저절로 끌어당긴다.

좋은 인상을 만드는 얼굴 근육

부정적인 말습관을 없애고, 긍정적인 말투로 이야기하기만 하면 사람들에게 호감을 줄 수 있을까? 그렇다면 아주 간단하고 쉽겠지만 사람들은 타인과 대화할 때 오감을 모두 사용한다. 말하는 상대의 목소리, 억양, 태도까지 모든 것을 주도면밀하게 살핀다는 뜻이다. 말할 때의 태도도 말투만큼이나 중요하다는 것을 기억하자.

진웅 씨는 평소 주위 사람들에게 우울해 보인다거나 기운 없어 보인다는 이야기를 자주 듣는다. 실제로 그런 것도 아닌데 왜 이런 오해를 받을까? 바로 그의 말하는 태도 때문이다.

진웅 씨는 말하는 속도가 느린 데다 발음할 때 윗입술은 거의 움직이지 않고 아랫입술만 움직이며 이야기한다. 윗입술이 경직되어 있으니 당연히 말할 때 상대방에게는 아랫니만 보인다. 이런 입 모양은 자칫 우울하거나 지쳐 보이고 심지어 나이 들어 보일 수 있다.

입꼬리가 처지면서 턱에 힘이 들어가기 때문에 점점 입 주변 근육도 울퉁불퉁하게 발달한다. 윗입술을 들어 올리는 근육은 동안 근육, 즉 안티에이징 근육이라고도 불린다. 입꼬리가 올라가면 볼에 볼륨이 생겨 더 어려 보인다. 진웅 씨처럼 윗입술이 거의 움직이지 않고 처지

84

는 입꼬리는 부자연스럽고 우울한 인상을 준다.

입 모양이 삐뚤어지면 발음에도 영향을 미친다. 입술은 턱과 혀, 얼굴 근육, 치아 등과 같이 발음하는 데 중요한 조음기관 중 하나이다. 얼굴 근육이 위아래, 옆으로 골고루 움직여야 정확한 발음을 낼 수 있다.

진웅 씨는 나와 함께 모니터링을 하고 의도적으로 윗입술 움직이는 연습을 했다. 특히 발음 연습을 하면서 모음을 내는 입 모양 연습을 하니 자연스럽게 굳어진 윗입술과 얼굴 근육이 풀어지기 시작했다. 윗입술을 움직이고 치아가 보이게 웃으니 광대 쪽으로 근육이 올라가면서 아랫니가 덜 보였다. 말하는 모습이 바뀌자 이제 아무도 진웅 씨에게 "오늘 기분이 안 좋아요?", "무슨 안 좋은 일이라도 있어요?" 이런 말을 하지 않는다.

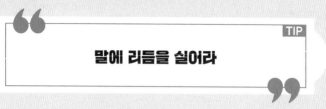

말에 리듬을 실어라

억양과 톤에 따라 의미가 완전히 달라지는 영어 문장이 있다. 'Good for you'는 '정말 잘됐다'는 뜻으로 사용할 수 있지만, 어미를 내리거나 무뚝뚝하게 말하면 '그래, 너 잘났다'는 뜻으로 전달된다. 'Are you serious?'도 '정말이야? 진짜야?'라는 뜻이지만, 냉소적인 표정과 톤으로 말할 때는 '설마, 진심으로 하는 말은 아니지?'라는 의미로 해석된다.

영어뿐 아니라 한국말도 억양이나 톤에 따라 상대방이 전혀 다른 의미로 받아들이는 경우가 많다. 원만한 대인관계, 부드러운 대화를 위해 신경 써야 하는 것이 바로 말투와 뉘앙스다. 누가 말하면 기분이 좋고, 누가 말하면 불편한 이유는 이런 뉘앙스의 차이에 있다. 기분이 좋아지는 뉘앙스와 톤으로 말하는 방법을 알아보자.

밝고 따뜻한 의미로 전달하려면 어미 처리가 중요하다. 어미는 상승조, 하강조, 평조로 나눌 수 있는데, 어미에 상승조와 하강조를 섞어서 말하면 따뜻하게 느껴진다. 다음과 같이 자주 사용하는 표현의 어미를 자연스럽게 올려서 말에 리듬을 싣는 연습을 해보자.

안녕하세요.(↗) 만나서 반갑습니다.(↘)

그러셨군요?(↗) 영광입니다.(↘)

고맙습니다.(↗) 안녕히 가세요.(↘)

평소 무뚝뚝한 이미지를 바꾸고 싶다면 어미를 '알겠습니다~', '그렇게 할게요~'처럼 길게 빼보자. '힘들지~(↘)', '힘내자~(↘)'와 같은 공감을 표현할 때도 어미를 살짝 아래로 끌어준다.

이번 주까지 처리 부탁해요.

이번 주까지 처리 부탁해요~(↘)

네, 이해했습니다.

네↗ 이해했습니다~(↘)

여기서 주의해야 할 점은 어미의 올림이나 내림이 동일한 패턴으로 단조롭게 반복되어서는 안 된다는 것이다. 이런 경우 음가를 조금씩 바꿔주면 기계적이고 딱딱한 말투에서 벗어날 수 있다.

06
결정적 순간의
재치 있는 한마디

"나만 즐겁다면 유머가 아니다."

재미있는 분위기를 만든답시고 성적인 농담, 인격 모독이
나 상대를 비하하는 말로 웃음을 유발하려 한다면 친밀감
이 아닌 불쾌감을 줄 수 있다.

1980년대 후반에는 넓은 장소에서 춤이나 노래, 재담을 펼치며 관객들의 흥을 돋우는 마당놀이의 인기가 대단했다. 공연이 끝날 때까지 쉼 없이 퍼붓는 해학과 풍자를 보면서 사람들은 스트레스를 해소했다. 그러나 수많은 비꼬기와 뒤틀림에도 관중들의 기분이 나쁘지 않은 것은 상대방과 서로 동의한 상태에서 꺼낸 유머이기 때문이다.

하지만 일상생활과 희극은 구분되어야 한다. 상대방을 비하하거나 지적하는 유머를 구사해서는 안 된다. 상대방이 동의하지 않은 상태에서 비꼬기식의 유머를 한다면 큰 결례가 될 수 있다. 이런 유머는 웃음거리가 된 당사자뿐만 아니라 주위 사람들도 불쾌하게 만든다.

선을 넘지 않는 유머

한 연예인이 공식 석상에서 유머로 던진 말이 전 국민의 질타를 받은 적이 있다. 모 방송국 시상식에서 진행자였던 A씨는 패딩을 입고 온 배우 B씨의 모습을 보고 생방송 중에 공개적으로 놀림거리로 만들었다. "PD인가, 연기자인가 헷갈릴 정도로 의상을 당황스럽게 입고 오셨네요. 형님(B씨)은 배우 맞으시죠?" 카메라에는 기분이 상한 듯한 B씨의 표정이 비쳤다.

논란이 일어나자 뒤늦게 A씨는 "생방송에서 좀 재미있게 해보자고 했던 것인데, 저의 욕심이 과했던 것 같습니다"라고 자신의 무례한 행동을 사과했다. 하지만 대중의 반응은 싸늘했다. 부적절한 발언으로 인해 그가 과거 다른 프로그램에서 했던 말과 행동까지 회자되면서 큰 비판을 받았다.

무례한 유머는 듣는 사람을 불편하게 한다. 나만 즐겁다면 유머가 아니다. 언제나 상대방의 감정을 고려해서 유머를 구사해야 한다.

친밀한 사이라는 이유로 선을 넘는 농담을 하는 경우도 있다. 자극적인 농담을 하고는 상대의 감정은 무시한 채 재미로 한 것이니 받아들이라고 한다. 친하다고 해서 이런 강요를 할 수는 없다. 대답하기 어려운 사적인 질문을 하거나, 성적인 농담, 해서는 안 되는 말 등은 자제해야 한다. 가까운 사이일수록 예의를 지켜야 한다. 직장 생활뿐만 아니라 사적인 자리에서도 실수라고 눙치고 넘어갈 수는 없는 말, 상대방이 불쾌감을 느낄 만한 말은 되도록 피해야 한다.

"얼굴이 폈어. 요즘 남자 친구랑 좋은가 봐?"

"왜 이렇게 피곤해해? 어젯밤에 와이프랑 무리했나 봐?"

"주말에 여자 친구랑은 뭐 해? 어디서 데이트해? 같이 여행도 다니고 그래?"

지나치게 사적인 질문은 친밀감이 아닌 불쾌감을 준다.

이야기 노트를 만들어라

불편한 유머나 음담패설은 말하는 사람의 격을 떨어뜨린다. 하지만 적절한 명언이나 속담은 어색한 분위기를 해소하는 데 도움이 된다.

작은 출판사를 운영하는 명식 씨는 유머를 좋아한다. 건강이 크게 악화되었다가 제2의 인생을 살게 된 명식 씨는 '재밌게 살고 싶다'는 신조로 등산과 춤, 봉사활동 등 참석하는 모임만 여러 개이다. 그러다 최근에는 스피치 수업에 참석하기 시작했다. 모임에서 분위기를 살린다고 던진 유머가 반응이 좋기는커녕 오히려 분위기를 싸늘하게 만들었기 때문이다.

새로운 사람들을 만났을 때 어색하고 서먹한 분위기를 깨트리는 것을 '아이스 브레이킹'이라고 한다. 명식 씨의 아이스 브레이킹 소재는 공감을 얻기 힘든 불편한 유머나 성적인 농담이 대부분이었다.

구성원들 사이에 신뢰와 친근감이 형성되기 전에 잘 찾은 웃음 포인트는 득이 되지만, 억지로 웃기려고 하는 농담은 오히려 독이 된다. 모임 성향에 따라 분위기가 다르기 때문에 이야기 소재는 그에 맞춰야 한다. 누구나 편하게 웃을 수 있는 유머를 구사해야 한다. 자기 혼자 웃거나 남자 혹은 여자만 웃는다면 유머가 아니다.

나는 명식 씨에게 소재 노트를 만들어보라고 권했다. 주로 명언이나 속담, 사물이나 지명의 유래, 감동을 주는 내용들을 텔레비전이나 책, 인터넷 등에서 찾아 적어보는 것이다. 이렇게 정리한 소재 중 마음에 드는 것들을 골라 한 가지를 세 번의 다른 모임에서 이야기해보라고 했다. 세 번 이상 같은 이야기를 하다 보면 어느새 익숙해지고 '내 것'이 되어 입에서 술술 나온다.

이야기 소재도 돈처럼 저축하라는 말이 있다. 내 입에 익숙하고 편한 이야기들을 하나하나 쌓아가다 보면 결정적인 순간에 활용할 수 있다. 명식 씨는 꾸준히 소재 노트를 작성하며 모임에서 좋은 이야기들을 나눴다.

"선생님, 제가 오늘 무슨 얘기를 들었는지 아세요? 어떻게 그런 좋은 이야기들을 많이 알고 있냐면서 '배우신 분'이라는 거예요. 그 덕분인지 봉사활동 모임에서 회장을 맡게 되었습니다."

즐겁고 공감할 수 있는 유머와 소재들을 모아서 노트에 정리해두자. 그렇게 차곡차곡 모아둔 재미있는 이야기들을 모임에서 적절히 활용한다면 좋은 인상을 남길 수 있다. 어떤 소재를 꺼내느냐가 그 사람의 인상을 좌우한다.

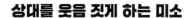
상대를 웃음 짓게 하는 미소

아름다운 미소는 상대방에게 호감을 준다. 하지만 웃는 모습이 어색한 사람들은 의도적으로 웃는 모습을 가리거나 입술만 옆으로 벌려 어색한 미소를 짓는다. 자연스러운 미소를 지으려면 입뿐 아니라 눈까지 웃어야 한다.

웃는 얼굴이 자연스럽지 않아 고민이라면 지금 당장 거울 앞에 가서 입을 가리고 눈만 웃어보자. 펜을 눈썹에 대고 내 미소가 자연스러운지 가늠해볼 수도 있다. 눈썹을 치켜올렸을 때 펜의 경계선 위쪽으로 올라가지 않는다면 얼굴 근육과 미소를 만드는 눈 주위의 근육이 굳어 있는 것이다. 특히 이마가 잘 움직이지 않으면 자연스럽게 웃는 얼굴이 연출되기 어렵다. 아름다운 미소를 지으려면 다음 3가지를 기억하자. 자연스러운 표정을 위한 얼굴 스트레칭 방법이다.

첫째, 입만 옆으로 벌리는 것이 아니라 광대와 입꼬리가 올라가야 예쁜 미소를 지을 수 있다. 광대를 올리는 근육의 힘을 키우기 위해 입꼬리 올리기 연습을 해보자. 실제로 승무원들이 미소 연습을 할 때 사용하는 방법인데, 깨끗한 카드를 가로 방향으로 입에 물고 입꼬리가 카드에 닿지 않도록 당겨보자. 그 상태를 오래 유지할수록 좋지만 가장 중요한 것은 꾸준히 연습하는 것이다. 몇 년 전 방송 프로그램에 소개되어 많은 사람들에게 알려진 '개구리 뒷다리' 발음 훈련도 도움이 된다. '리, 이, 기'처럼 모음 '이'를 발음하면 입꼬리가 올라간다.

✖ 웃는 얼굴 만드는 법

1. 먼저 눈 주위의 근육을 풀어주고 입 주위를 비롯한 얼굴 전체 근육의 긴장과 이완을 여러 번 반복한다.
2. 입꼬리 근육을 단련하는 방법 – 눈썹을 올리고 왼쪽 오른쪽으로 번갈아가며 윙크를 한다.
3. 두 뺨을 풍선처럼 부풀린 채로 오른쪽 왼쪽 위아래로 공기를 이동시킨다.
4. 입술을 오므리고 앞으로 쭉 내밀었다가 손가락을 입꼬리에 살짝 대고 위로 올리면서 '개구리 뒷다리'를 발음하고 10초간 입 모양을 유지한다.

둘째, 웃을 때는 눈에 애교 주름이 생겨야 한다. 사람들은 반달 모양의 눈웃음을 예쁘다고 생각한다. 웃다가 갑자기 정색하면 가식적으로 보일 수 있으므로, 눈웃음을 적어도 3초 정도는 유지하는 것이 좋다.

셋째, 얼굴 근육 스트레칭을 한다. 얼굴 근육도 우리 몸의 다른 근육과 마찬가지로 스트레칭이 필요하다. 면접이나 활짝 웃어야 하는 자리에서 갑자기 미소를 지으려고 하면 얼굴 근육이 경직된다. 웃을 때 얼굴 근육의 80개 중 40개가 움직인다. 웃을 때 움직이는 근육을 자주 사용하지 않으면 자연스럽게 웃는 얼굴을 만들기 어렵다. 평소에 얼굴 근육을 깨우고 풀어줘야 한다.

✖ 얼굴 근육 스트레칭

1. 볼에 바람을 가득 넣고 10초간 유지하자.
2. 입술을 앞으로 쭉 내밀고 오른쪽으로 5회, 왼쪽으로 5회 돌려보자.
3. 얼굴 전체의 근육을 움직인다는 느낌으로 크게 '아에이오우'를 5회 반
   복하자.

화장실 거울, 운전하기 전 백미러, 엘리베이터 거울, 쇼윈도에 비친 내 얼굴을 보면 의식적으로 스트레칭을 하고 활짝 웃어보자. 습관을 들이다 보면 결정적인 순간에 아름다운 표정을 연출할 수 있다.

흔히 미소는 전염된다고 말한다. 내가 웃으면 상대방도 나를 향해 미소를 짓는다. 대부분의 사람들은 긴장하면 표정이 굳어지고 시선이 분산된다. 하지만 평소 미소 짓는 훈련이 되어 있다면 긴장한 상황에서도 자연스럽게 미소를 지을 수 있다.

07

조금 틀려도
괜찮다

"나는 맞고 너는 틀리다?"

대화는 상호 대등한 관계에서 진행되어야 한다. 상대에게
좋은 정보 혹은 깨달음을 주려는 의도라 할지라도 계속되
는 지적 투는 불쾌함을 줄 뿐이다.

가르치는 듯한 말투만큼 불쾌한 것이 없다. 권위적인 말투나 비아냥거리는 말투도 마찬가지다. 그런데 습관적으로 가르치는 말투를 쓰는 사람들이 있다. 자신보다 경험과 지식이 부족하다고 생각하는 사람과 대화를 나누거나 다른 문화권에서 방문한 사람과 이야기하다 보면, 무심코 그 사람의 어법이나 문법적 오류 등을 바로잡고 싶은 마음이 든다.

그러나 뉴 노멀New Normal(시대 변화에 따라 새롭게 떠오르는 기준과 표준) 시대에는 '불변의 상식'이란 없다. 내가 비상식이라고 생각했던 것들이 다른 문화권에서는 상식일 수도 있다. 내가 일상적으로 하던 일이 다른 나라 사람에게는 무례한 일이 되기도 한다. 내가 아는 상식과 다른 이야기를 한다고 해서 무조건 바로잡아야 한다고 생각해서는 안 된다. 상대방이 잘 모른다는 선입견을 가지는 순간 조금은 고압적으로 지적하게 되고 상대방에게 상처를 줄 수 있다.

상대방이 명백히 그릇된 상식을 언급했거나 도덕적으로 올바르지 못한 말을 했다면 바로잡을 필요가 있다. 하지만 그것이 '의도하지 않은 단순한 말실수'라면 굳이 그 자리에서 바로잡지 않아도 된다. 자칫 상대방이 불쾌해하고 민망해하면 분위기가 굳어지기 때문이다.

지적 본능을 멈춰라

드라마 〈동백꽃 필 무렵〉에는 똑똑하고 능력 있는 아내 자영에게 자격지심을 느끼는 노규태라는 인물이 나온다. 변호사인 자영은 간결하면서 짜임새 있게 말하지 못하는 상대에게 불편함을 고스란히 드러낸다. 특히 남편 규태가 말실수를 할 때마다 말을 끊고 하나하나 지적하면서 적잖이 스트레스를 준다. 규태가 맞춤법을 잘못 쓰거나 적절하지 못한 사자성어를 언급하면, "그게 아니고, 이거!", "모르면 아예 쓰지를 마", "리즈가 아니고 니즈. 니이즈으. 니은!" 하는 식으로 지적하기 일쑤다. 반복되는 자영의 질타에 규태의 인내심은 한계에 다다른다. 그러고는 결국 "내가 세종대왕이랑 살고 있냐"고 소리를 지른다.

자영은 남편이 밖에서 잘못된 단어를 사용했다가 다른 사람에게 무시당하지 않을까 하는 염려로 잔소리를 시작했지만, 오히려 규태는 그런 자영 때문에 집에서조차 자존감을 잃는다.

사소한 단어나 문장 실수, 단편적인 정보 오류를 번번이 바로잡으려는 사람하고는 대화하고 싶지 않은 것이 당연하다. 처음 얼마간은 수긍하다가도 이내 주눅이 들고 듣기 싫어진다. 일상적인 대화의 목적은 정답을 찾는 것이 아니다. 나이와 성별, 배경지식과 문화적 차이에 따라 옳은 기준은 다양할 수 있다.

정답을 찾는 대화와 정서적 교감을 하는 대화 중 어떤 것을 하고 싶은가? 매끄러운 대화를 이어가고 싶다면 가벼운 실수는 넘어가자. 실수를 지적하기 위해 상대방의 말을 끊는 실례를 범하지 말자.

수현 씨는 지난 두 달간 다이어트를 목적으로 열심히 운동했다. 하지만 인바디 검사를 해보니 기대한 만큼 변화가 없어 낙심했다. 수현 씨는 속상함을 토로하기 위해 남자 친구에게 전화했다.

"열심히 운동하고 식단 조절도 했는데 근육량이 늘지 않아서 너무 속상해."

수현 씨는 남자 친구에게 "속상했겠다. 열심히 운동했는데 생각처럼 안 돼서 얼마나 힘이 빠지겠어"라는 말을 듣고 싶었다. 하지만 남자 친구에게 돌아온 말은 이랬다.

"두 달 만에 운동해서 금방 달라지면 누가 운동을 안 하겠어? 더 열심히 노력해야지. 단백질 좀 더 챙겨 먹고."

'남자 친구야, 트레이너야?' 남자 친구의 가르치는 듯한 말투에 짜증과 서운함이 밀려왔다. 결국 수현 씨는 "누가 그런 거 몰라서 그래?"라고 화를 냈다. 남자 친구의 공감을 바랐으나 솔루션을 제시하려는 듯한 말에 마음이 상한 것이다. 수현 씨는 남자 친구에게 이렇게 말했다.

"문제를 해결해달라고 전화한 게 아니야. 속상한 마음 좀 풀어

달라는 것뿐이라고."

누군가에게 상처받은 상대를 위로하기는커녕 "당신도 문제가 많아. 객관적인 관점에서 말하는 거야. 나니까 이런 말을 해주는 거야"라고 말하고 싶다면 스스로에게 다음 질문을 던져보자.

1. 객관적으로 상대방이 잘못을 했는가?
2. 상대방의 일방적인 잘못이었는가?
3. 상대방도 잘못을 깨닫고 있는가?
4. 위의 모든 질문은 차치하더라도 현재 상대방에게 필요한 것은 공감인가, 가르침인가?

지금 대화에서 정말 필요한 것이 '상대방의 인식을 바꾸고 교정하는 것'인지를 진지하게 고민해봐야 한다. 교정이 필요하다고 결론 내렸다면 그 시기가 반드시 지금이어야 하는지도 생각해볼 필요가 있다. 상대방에게 깨달음을 주기 위한 목적이라 할지라도 공감이 필요한 대화에서 가르치는 말투로 해결책을 앞세우는 것은 좋지 않다.

"내가 이거까지는 말 안 하려고 했는데", "다 널 위해서 하는 말인데"라는 말에 상대방의 못마땅한 부분을 내가 원하는 방향으로 바꾸려는 의도가 숨어 있는 것은 아닌지 점검해보자. 대화는 상호

대등한 관계에서 진행되어야 한다는 것을 잊지 말자.

틀린 게 아니라 다른 것

상대방에게 가르치려는 말투와 '내 말이 맞다'는 식의 고압적인 말투는 결코 호감을 얻을 수 없다. "넌 그냥 내가 하라는 대로만 해", "그게 아니고 이렇게 했어야지!"와 같은 일방적인 말투는 대단히 무례하며 상대방을 불편하게 한다.

가벼운 대화일지라도 상대방과 내가 아는 정보가 다르고, 함께 이야기를 나누는 다른 사람들도 누구 말이 맞는지 판단하기 어려운 사안이라면 한 발 부드럽게 물러서는 태도가 필요하다. 상대가 누구이든 간에 정보의 차이를 가지고 승부사가 될 필요는 없다.

주환 씨와 철수 씨, 영희 씨는 초등학교 때 가장 친했던 동창이다. 얼마 전 동창회에 참석한 주환 씨는 영희 씨가 오지 않은 것을 알고는 철수 씨에게 안부를 물어보았다. 그러자 철수 씨는 조심스럽게 영희 씨가 최근 우울증을 앓고 있다고 말했다.

"영희가 우울증 때문에 약까지 먹었는데 부작용으로 살이 쪄서 너무 힘들다고 하더라."

"영희가 우울증에 걸렸다니 생각지도 못했어. 그런데 우울증 약이 살이 찐다고? 내가 알기로는 조현병 약이 살이 찌고 우울증 약은 살이 안 찐다고 하던데."

"무슨 소리야. 영희도 그것 때문에 살이 찐다고 본인 입으로 직접 말했는데."

"내가 인터넷에서 봤어. 그건 그냥 영희가 살까지 찌니까 핑계 삼는 거야."

그날 주환 씨와 철수 씨는 서로 다르게 알고 있는 정보를 가지고 쓸데없이 긴 시간 동안 말다툼을 했다.

디지털 미디어 연구 회사 나스미디어가 실시한 〈2019 인터넷 이용자 조사〉에 따르면 '국내 인터넷 이용자의 60퍼센트가 정보를 유튜브에서 검색한다'고 한다. 그중 10대들은 10명 중 7명이 유튜브를 사용한다는 것이다. 젊은 세대일수록 신문, 뉴스, 서적, 출간물보다 유튜브를 통해 정보를 얻는다는 방증이다. 유튜브는 정보의 생산과 전달 기능이 무료로 개방된 공간이다. 누구나 정보 소비자인 동시에 정보 생산자가 될 수 있다. 따라서 가치 있고 정확한 정보도 있지만 오류도 굉장히 많다.

인포데믹^{infodemic}(정보감염증)이란 잘못된 정보나 소문이 매체를 통해 빠르게 확산되는 현상을 말한다. 거짓 정보가 SNS를 통해 확산되면서 마치 전염병처럼 퍼지는 것이다. 쉽게 복사되고 출처가 정확하지 않은 내용을 가지고 전문가처럼 말하거나, 잘못된 정보를 무조건 맞다고 우기기도 한다.

모르는 것은 잘못이 아니다. 다만 진위를 면밀하게 확인하지 않고 잘못된 사실을 진실인 양 호도하거나, 상대와 의견이 다른 사안에 대해 내 의견만이 옳다고 우기며 인신공격을 하는 것은 옳지 못하다.

감각 있고 호감 가는 사람이 되고 싶다면 지나치게 내 주장만 옳다고 하기보다는 "그래? 나는 다르게 알고 있었는데 확인해봐야겠다"라고 한 발 물러서자. 서로 알고 있는 정보에 차이가 있다면 승부사가 되고 싶은 마음을 잠깐 내려놓고 한 템포 여유를 줄 때 더욱 즐거운 대화를 나눌 수 있다.

08
강요하지 말고
권유하라

"왜 자꾸 네가 결론을 내는 거야?"

상대방의 문제에 대해 강하게 주장하는 듯한 말투는 관계
를 해칠 수 있다. 나의 '선의'를 접어두고 상대의 이야기를
들어주고 공감하자.

아무리 친한 사이라도 상대방이 겪고 있는 문제를 내가 나서서 결론지을 수는 없다. 그런데도 우리는 종종 타인의 일을 내 일처럼 지나치게 관여하려 든다. 상대방의 일에 너무 깊이 개입해서 결론을 내리는 것은 위험하다. 상대에게 도움이 되고자 하는 선의라 할지라도 정도를 넘어서는 안 된다는 것을 기억하자. 안타까운 마음이 큰 사안일수록 내 주장만 강요하는 말투는 관계를 해칠 수 있다.

권유와 강요의 아슬아슬한 줄타기

대훈 씨는 여자 친구와 싸우고 슬퍼하는 친구에게 다음과 같이 말했다가 큰 원망을 들었다.

"야, 절대 연락하지 마. 무조건 걔가 먼저 연락하게 돼 있어. 네가 먼저 하면 지는 거야."

대훈 씨의 강한 주장으로 화해할 타이밍을 놓쳐버린 친구는 여자 친구하고 관계만 더 악화되었다며 대훈 씨를 원망했다.

함부로 속단하고 확신에 차서 말하면 스스로의 무지를 드러낼 수 있으며 상대방을 하대하는 듯한 인상을 준다.

"야, 그게 잘되면 내 손에 장을 지진다."

"그 이야기가 맞으면 내가 네 아들이다."

"내기할래? 다 걸고 말하는데 그건 아니야."

천의에서 비롯된 말이라 하더라도 부정적인 뉘앙스의 단어를 확신에 찬 듯 말하면 자칫 상대에게 모멸감을 줄 수 있다. 모든 상황에 정답이 있는 것은 아니다. 각자의 생각과 가치관이 다르며 상대가 처한 상황을 완전히 이해할 수는 없으므로 나의 주장이 100퍼센트 맞을 것이라고 확신해서는 안 된다.

은주 씨도 친구 진영 씨에게 '육아 조언'을 해주려다 선을 넘은 적이 있다. 은주 씨의 아이는 초등학교 6학년, 진영 씨의 아이는 초등학교 4학년이다. 2년 먼저 아이를 키운 은주 씨는 진영 씨에게 사교육에 대해 조언을 해주었다.

"4학년 때는 논술학원 꼭 보내. 그 나이에 논술 안 잡으면 큰일 나. 너는 성적에도 필요 없는 예체능 시킬 시간이 어딨니? 논술 시켜, 논술."

은주 씨는 진영 씨 아이의 상황은 고려하지 않고 자기 생각이 정답인 것처럼 계속 강조했다. 자신이 경험하고 선택했던 것을 상대방도 반드시 따라야 한다고 주장하다 보니 진영 씨가 하고 있는 예체능 교육은 필요 없다고 폄하한 것이다. 하지만 며칠 뒤 진영 씨는 은주 씨에게 전화를 해서 자신은 아이의 흥미와 재능 등 여러 가지를 고려해 논술보다는 예체능에 집중하기로 했다고 이야기했다.

"너처럼 논술 안 시킨다고 무조건 성적에 관심 없는 부모인 것처럼 이야기하는 건 조심해줬으면 좋겠다. 우리 부부는 충분히 아이를 위해 결정한 거야. 각자 선택과 기준이 다른 거잖아?"

은주 씨는 민망한 마음에 "잘 결정했다"고 말했지만, 자신이 워낙 강하게 주장했기에 무안한 마음이 가시지 않았다. '그때 왜 무조건 논술학원을 보내라고 했을까. 그냥 부드럽게 권유만 할걸.'

자신이 알고 있는 정보를 강하게 주장하다 말실수를 범하는 사람들이 많다. "이거 꼭 봐.""이거 무조건 먹어봐.""거기 꼭 다녀." "그거 꼭 사." 한두 번 듣기에는 확신에 찬 추천 같지만 매번 본인 의견을 강하게 전달한다면 듣는 사람이 거부감을 느낄 수 있다. 내가 '좋다'고 하더라도 상대방은 여러 가지 이유로 마음에 들지 않을 수 있으며, 그 의견을 따를 수 없는 상황에 놓일 수도 있다. 심지어 상대방이 나와 대화하는 것조차 불편해할 수도 있다. 진심 어린 조언을 하고 싶다면 조금 더 부드럽게 권유하는 투로 말하자.

"나는 너무 좋던데, 너도 한번 해보면 좋겠어."

"내 생각에는 좋더라. 한번 관심 있게 봐봐."

섣불리 결론 내리지 마라

상대가 부단히 노력하는 것은 인정해주지 않고 섣불리 "젊으니까 그 정도는 해야지"라는 식으로 말하거나, 상대의 아픔에 "어려서 그래", "아직 몰라서 그러는 거야"라고 말하는 것은 나의 편견이다.

지영 씨가 내학원 시절 팀별 과제로 발표 수업을 준비할 때였다. 당시 지영 씨는 출산으로 휴학했다가 갓 태어난 아이를 친정에 맡기고 대학원을 다니던 상황이었다. 어린 아기를 돌보느라 공부할 시간이 없어서 새벽잠도 줄이며 과제를 준비했다. 중요한 과제라 읽어야 할 논문이며 작성할 보고서의 양도 많았다. 하지만 팀원들에게 피해를 주지 않으려고 무리를 하다 보니 독감을 심하게 앓고 말았다. 일주일간 병치레를 하고 나서 과제 모임에 참석했는데 대뜸 한 팀원이 말했다.

"아기도 어린데 준비할 시간이 있었어? 언제 이렇게 했어?"

"낮에는 시간 내기가 어려워서 잠을 줄이면서 했어요. 좋게 봐주셔서 감사해요."

"젊어서 그래, 젊어서. 젊으니까 잠 좀 안 자도 되지. 그 나이 때는 밤을 새워도 쌩쌩하지."

지영 씨는 자신이 노력한 것을 알아주지는 않더라도 아직 젊으니 힘들지도 않을 거라는 투로 말하는 상대에게 서운한 마음이 들었다. 지영 씨는 이 일을 계기로 상대의 상황을 자기의 편견에 따라 판단하면 상처를 줄 수 있다는 것을 깨달았다. 그리고 자신 역시 상대에게 말로 상처를 준 적이 있다는 것을 떠올렸다.

며칠 전 20대 초반의 친한 동생이 남자 친구와의 문제로 연애 상담을 했다. 남자 친구가 업무로 너무 바쁘고 해외 출장도 잦아서 스트레스라는 것이었다. 한창 좋은 시기에 기념일도 챙기지 못하고, 특별한 날에도 혼자 보내는 경우가 많아 불만이 쌓이고 자꾸 싸운다며 하소연했다. 동생의 고민과 외로움에 대해 충분히 공감해줬어야 했는데, 지영 씨는 무심한 말로 상처를 줬다.

"네가 아직 어려서 그래. 사회생활을 안 해봐서 그렇지. 남자 친구는 직장 다니면서 일하느라 얼마나 바쁘고 힘든데 그 정도도 이해 못 해주니? 네가 좀 양보해야지."

동생이 지영 씨에게 원한 것은 문제에 대한 해결이 아니라 공감과 이해였다. 하지만 지영 씨는 동생의 말에 귀 기울이지 못했고 어려서 그렇다고 한마디로 일축해버렸다. 지영 씨는 전화로 동생에게 사과의 말을 전했다.

"나이에 대한 선입견으로 너를 판단하지 말았어야 했는데 나도 모르게 실수를 했어. 나이 좀 먹었다고 경험이 크게 달라지는 것도 아닌데 말이야. 지난번에 그렇게 말해서 미안하다."

선입견에 기인한 나의 섣부른 주장이 상대방에게 상처가 될 수도 있음을 기억하자.

09
마음이 닫히는
과잉 공감

"말하다 보니 그만 격해지고 말았어."

상대방의 입장에 공감하다 보면 감정이입이 되어 크게 동요할 때가 있다. 그런 상태에서 조언은 상대에게 큰 도움이 되지 못하고 대화의 흐름만 깨뜨린다.

과유불급過猶不及, 즉 지나친 것은 모자란 것과 다름없다. 무엇이든 한쪽으로 과도하게 치우치는 것은 좋지 않다. 대화를 나눌 때 말에 실리는 공감의 무게 역시 잘 조절해야 한다. 지나치게 감정을 실어서 조언하면 상대에게 도움이 되기는커녕 오히려 대화의 흐름을 깨트린다.

해결사처럼 말하지 마라

정숙 씨는 타인의 문제를 들었을 때 쉽게 감정이입을 하는 편이다. 그런데 공감이 지나치다 보니 말실수를 자주 하게 된다. 어느 날 같은 회사에 다니는 친한 동료 은경 씨가 정숙 씨에게 회사생활에 대한 고민을 털어놓았다. 같은 회사 동료인 재희 씨 때문에 많이 힘들다는 것이었다. 자기주장이 강한 재희 씨는 평소 은경 씨를 좌지우지하고, 업무를 진행할 때도 무시하는 태도를 보였다. 그런 사정을 대충 알고는 있었지만 본인에게 직접 전해 들으니 정숙 씨의 감정이 더욱 격해졌다.

"너는 왜 그런 말을 듣고도 가만히 있어? 재희 씨가 상사도 아닌데 그렇게 눈치를 보니까 만만하게 보는 거 아냐. 네가 그렇게 자신 없이 행동하니까 질질 끌려다니지. 너 왜 이렇게 모자라니?"

은경 씨를 위하는 마음에서 한 말이었지만 오히려 은경 씨의 마음을 상하게 했다. 정숙 씨의 말을 들은 은경 씨는 펑펑 울었다. 괜한 소리를 해서 상대에게 자신이 더 한심하게 비쳐졌다고 생각한 것이다. 당황한 정숙 씨는 미안하다고 재차 사과했지만 그날 이후로 한동안 둘의 관계는 서먹했다.

'과잉 공감'은 미국의 심리학자 일레인 아론이 처음 주장한 개념으로, '상대방의 감정에 지나치게 공감하는 성향'을 말한다. 그의 주장에 따르면 약 20퍼센트의 사람들이 이러한 성향을 타고 난다고 한다. 5명 중 1명꼴이므로 정숙 씨 같은 사람들을 주변에서 흔히 볼 수 있다.

누구나 때로는 상대의 감정에 지나치게 공감한 나머지 상대를 배려하지 못하고 선을 넘는 실수를 한다. 감정에 공감한다고 해서 그 표현마저 지나쳐서는 안 된다. 마음이 다친 상대에게 필요한 것은 공감과 배려이지 내 감정을 앞세운 해결책이 아니다.

공감은 하되 흥분은 금물

상대방의 편이 되어주려는 의도가 지나치면 과도한 감정 개입으로 이어질 수 있다. 하지만 이런 상황에서 내가 더 흥분하면 공감을 얻고자 하는 상대의 마음이 닫힐 수 있다. 오히려 자신의 약점을 너무 많이 드러냈다는 생각이 드는 것이다.

- 보라 : 최근에 진급하고 너무 부담이 컸나 봐. 프로젝트를 준비했는데 팀장님 기대에는 못 미친 건지 오늘 엄청 화내면서 꾸짖으셨어. 당황해서 눈물이 핑 돌더라고.
- 인우 : 야, 그 팀장 미친 거 아니야? 진짜 XXX네. 근데 너는 뭐가 문제냐고 따져봤어? 따졌어야지. 거기서 울면 어떡해!

- 보라 : 오늘 출근하고 이사님이 또 본인 업무를 엄청 떠넘기는 거야. 분명 개인적인 일은 안 시키기로 했는데. 내 일도 넘치는데 이사님 업무까지 처리하려니까 정말 힘들어.
- 인우 : 뭐야, 네가 그 사람 비서야? 그럴 거면 비서 뽑으라 그래. 당장 가서 말해!

- 보라 : 아이 친구 엄마가 무례하게 말하더라고. 앞으로 계속 볼 사이인데 진짜 신경 쓰여.
- 인우 : 그걸 참았어? 다음에 만나면 기분 나쁘다고 한마디 해. 네가 만만하게 보이니까 그런 것 아냐.

보라 씨는 인우 씨에게 공감과 위로를 얻고자 이야기를 꺼냈다. 하지만 인우 씨가 격하게 반응하자 보라 씨는 오히려 본인이 무슨 큰 잘못이라도 한 듯한 기분이었다. 상대방의 마음을 어루만지고 싶다면 감정을 부채질하는 말을 삼가야 한다. 공감과 참견은 다르다는 것을 기억하자. 같은 상황에서 인우 씨가 다음과 같이 말했다면 어땠을까?

"열심히 준비했는데 너무 속상했겠다."

"가뜩이나 네 업무량이 많은데 더 힘들겠네. 나라면 너만큼도 못 했을 거야."

"그 엄마가 그런 식으로 말하면 충분히 신경 쓰이지. 네가 많이 불편하겠다."

공감은 상대의 감정을 그 자체로 받아주는 것이다. 물론 내 편이 되어 나 대신 화를 내주는 모습에서 위로를 받을 수도 있다. 하지만 지나친 감정이입으로 흥분해서 펄펄 뛴다면 오히려 대화하고 싶은 마음이 사라질 수 있다. 차분한 마음으로 경청하고, 자신이 격해지는 경향이 있다면 의도적으로 자제하려는 노력을 해야 한다.

상대방은 존중받고 있다는 것을 느낄 때 진심으로 위로받을 수 있다. 같은 문제에 대해 각자 생각하는 최적의 해답이 있다. 하지만 자신이 생각한 해답이 상대방에게도 최적은 아니다. 우리는 사랑하는 마음으로 들어주자. 결정은 상대의 몫이다. 나의 감정이나 표현을 앞세우지 말고 상대의 결정을 존중해주자.

마음이 다친 상대에게 필요한 것은 공감과 배려이지
내 감정을 앞세운 해결책이 아니다.

10
상대의
마음을 읽는 화법

"본전도 못 찾는 대화 주제들이 있다."

감각 있게 말하는 사람이라면 대화 분위기를 망치는 정치, 종교, 험담 등은 굳이 꺼내지 않는다. 어색함을 줄이고 상대방과 편하게 대화할 수 있는 주제와 소재는 따로 있다.

지난여름 일행과 함께 고깃집에서 삼겹살을 먹고 있었다. 바로 옆 테이블에는 두 쌍의 부부로 보이는 남녀 4명이 마주 앉아 술을 마시고 있었다. 술기운이 제법 오르다 보니 대화의 주제가 정치 얘기로 옮겨 가는 듯 보였다. 남자 중 한 명이 전직 대통령의 이름을 거론하기 시작했다. 그런데 맞은편 남자는 정치적 견해가 다른 것 같았고 논쟁은 쉽게 끝날 줄을 몰랐다.

고깃집 내부 공간이 좁고 테이블 간격이 오밀조밀했기에 옆자리의 위태로운 분위기가 우리에게까지 고스란히 전해졌다. 급기야 무의미한 논쟁에 이어 거친 말들이 오갔다. 언성이 높아지고 욕설이 오가자 아내들이 각자의 남편들을 말렸다.

"그만해요. 오랜만에 만나서 왜 서로 얼굴을 붉혀요."

"좋은 날 서로 맘 상하지 말고 그 얘긴 그만해요."

그런데도 목소리가 잦아들지 않자 아내 중 한 명이 계산서 옆에 만 원짜리 몇 장을 얹어두고 자리를 박차고 나가버렸다. 그제야 소란이 멎었고 한동안 어색한 정적이 흘렀다.

스몰토크로 시작하라

정치와 종교 이야기는 마찰의 빌미가 되기 쉬운 이슈다. 이러한 주제들은 일반적으로 가치관의 차이가 있게 마련이다. 아무리 완벽한 팩트를 늘어놓아도 각자의 가치관은 쉽게 바뀌지 않으므로 갈등의 원인이 되는 것이다.

진화론자와 창조론자, 보수와 진보처럼 양립할 수 없는 두 진영은 상대방의 주장을 쉽게 받아들이기 어렵다. 이런 주제를 꺼내면 대화 분위기를 망칠 뿐만 아니라 처음 꺼낸 사람의 이미지까지 안 좋아진다. 더구나 견해가 다른 사람들의 대화는 무의미한 논쟁으로 번질 여지가 매우 높다.

물론 지적 탐구와 진지한 논의, 토론은 필요하다. 하지만 앞서 말한 것과 같이 친분을 다지는 가벼운 자리에서 '민감한 주제'를 꺼내 서로 마음을 상하게 하는 것은 바람직하지 않다. 이런 주제로 대화를 나누면 분노와 후회를 남길 여지가 많다. 정치와 같은 민감한 이야기를 하고 싶다면 견해가 같은 사람인지 먼저 가볍게 의견을 물어서 확인하는 것이 좋다.

처음 만나는 사람 혹은 구면이지만 친하지 않은 사람들과 편하게 대화를 나누고 싶다면 상대방이 쉽게 참여할 수 있는 주제를 꺼내는 것이 좋다. 다만 상대의 사생활과 무관한 소재로 시작해야 한다는 것을 염두에 두자. 어떻게든 대화를 잇고자 "결혼은 하셨나요?", "아이 계획은 있으세요?" 등과 같은 지극히 사적인 질문을 하는 사람들이 많다. 하지만 이것은 경우에 따라 상대방을 곤란하게 하는 질문이 될 수 있다.

가장 편안하게 꺼낼 수 있는 주제가 바로 날씨다. 또는 약속 장소에 도착하기까지 교통 상황을 말머리로 삼을 수도 있다. 음식점이라면 메뉴에 관한 이야기를 꺼내거나, 요즘 유행하는 패션 이야기, 지난밤의 드라마 이야기로 시작해도 좋다. 그리고 상대방의 액세서리나 옷, 스카프 등 그 사람이 오늘 신경 써서 꾸민 부분을 언급하며 칭찬하는 것도 좋은 분위기를 이끄는 방법이다. 가벼운 스몰토크를 시작으로 상대방의 관심사를 찾으려고 노력하자.

어색함을 줄이는 대화술

사별한 사람 앞에서 자랑 섞인 남편 이야기를 하거나 파혼한 친구 앞에서 프러포즈 이야기를 꺼내는 것은 상대방을 배려하지 못한 소재이다. 이렇게 상대에 대한 기본 정보가 있다면 그것을 배려하여 소재를 선택해야 한다. 정보가 없다면 지레 판단하기보다는 진짜 정보를 알아내는 데 집중하자.

보험설계사 금숙 씨는 섣부른 판단을 하고 입에 올리는 경향이 있다. 보험 계약을 권유하기 위해 고객을 만난 날, 금숙 씨는 고객이 안고 있는 아이를 보고 말을 꺼냈다.

"어머나, 아들이 늠름하게 생겼네요."

"아, 딸이에요."

"아하하, 그렇군요. 그나저나 둘째 생겼나 봐요. 몇 개월이에요?"

"아…… 아니에요. 살이 아직 안 빠졌어요."

금숙 씨는 민망함을 웃음으로 모면하려 했지만 상대가 불쾌함을 느꼈을 것 같아서 마음이 편치 않았다. 그러자 본인의 목표인 보험 상품에 대해 제대로 설명하기 어려웠다.

섣불리 판단한 정보를 가지고 아는 척하는 것보다 그 사람을 파악하려는 노력이 우선이다. 상대에 대한 힌트를 얻었다는 생각이 들 때는 자신이 파악한 것이 맞는지 조심스럽게 질문하는 것이 좋다. 특히 상대에게 실례가 될 만한 것인지를 고민해보자.

몇 해 전 일본에서 이시이 히로유키의 《콜드리딩Cold Reading》이라는 책이 화제를 모은 적이 있다. 누적 판매 부수가 80만 부에 이르러 가히 신드롬이라 할 만하다. 원래 콜드리딩은 영화와 연극에서 쓰이는 용어로 오디션 때 즉석에서 받은 대본을 큰 소리로 읽어보는 것을 뜻한다. 커뮤니케이션에서는 '아무런 사전 정보가 없는 상태에서 상대의 마음을 읽어내는 기술'을 의미한다. 콜드리딩의 목적은 내가 상대방을 깊이 이해하고 있다고 믿게 함으로써 상대방과 매끄러운 인간관계를 맺는 것이다.

상대방에 대한 기본 정보가 없다면 나이, 외모, 패션, 성별, 종교, 교육 수준, 말하는 방식 등을 토대로 추측하게 마련이다. 그런데 상대방에 대한 판단이 항상 맞는 것은 아니다. 이러한 경우 상대방과의 어색함을 줄여주는 것이 콜드리딩이라는 대화의 기술이다. 그렇다면 콜드리딩은 어떻게 하는 것일까?

<판단이 맞는 경우>

- 보연 : 달콤한 것 좋아하세요? 왠지 케이크나 마카롱 좋아하실 것 같아서요.
- 희선 : 맞아요. 저 마카롱 엄청 좋아해요.
- 보연 : 그래요? 저도 마카롱 진짜 좋아해요. 마카롱을 사려고 남양주에 있는 맛집까지 일부러 찾아가곤 하거든요.
- 희선 : 그래요? 저는 요즘 '뚱까롱(뚱뚱한 마카롱)'에 빠졌어요. 이 근처에도 유명한 마카롱 맛집이 있던데, 혹시 가보셨어요?

<판단이 틀린 경우>

- 보연 : 달콤한 것 좋아하세요? 왠지 케이크나 마카롱 좋아하실 것 같아서요.
- 희선 : 그래요? 저는 단 음식을 별로 안 좋아해요.
- 보연 : 가방에 마카롱 열쇠고리가 달려 있어서 마카롱을 좋아하시는 게 아닌가 생각했어요. 그럼 디저트는 잘 안 드세요?

콜드리딩을 통한 판단이 늘 맞는 것은 아니지만 대화를 부드럽게 이어나갈 수 있다. 상대에 대한 기본 정보가 있다면 그에 관한 소재를 선택하고, 정보가 없다면 상대의 이야기를 들어가면서 천천히 추측해보자.

안 하느니만 못한 칭찬

개그우먼 김숙은 가부장적인 문화를 비트는 발언으로 큰 호응을 얻었다. "남자가 조신하게 입고 다녀야지", "남자가 목소리가 너무 크다", "어디 아침부터 남자가 인상을 써?" 이런 말들은 일종의 미러링mirroring이라고 할 수 있다. '네가 행동하는 그대로 보여줄 테니 너도 똑같이 느껴봐라'는 의미다. 이 발언들이 속 시원한 웃음을 주는 이유는 그만큼 '여자가'라는 표현이 우리에게 익숙하기 때문이다.

이처럼 선입견에 기반한 특정 표현을 사용하면 전달하고자 하는 의미가 퇴색될 수 있으니 주의해야 한다. 편견을 바탕으로 이야기하는 것 자체를 지양해야 하지만, 칭찬하려다 무심코 한정적인 표현을 사용해서 분위기를 망치는 경우도 있다.

"아이 엄마치고 옷을 되게 화려하고 예쁘게 입네요."

"여자치고 운전 잘하네?"

"남자치고 감정이 섬세하네."

선입견을 내포하는 말, 대상을 특정하는 말은 삼가는 것이 좋다. 칭찬할 목적이었다 하더라도 오해를 불러일으킬 수 있다.

험담, 나도 예외일 수 없다

험담은 당사자의 귀에 들어가지 않으리라는 암묵적인 전제하에 하는 것이다. 하지만 내 입에서 나가는 순간 비밀은 없다. 나쁜 소문은 좋은 소문보다 훨씬 빨리 퍼지기 때문이다. 옮긴 말이 왜곡되고 과장되는 것은 시간문제이다. 현명한 사람은 다른 사람의 이야기를 그대로 옮기는 매개체가 되지 않으려고 노력한다. 제삼자에 대한 이야기를 할 때는 책임 의식이 필요하다.

직장 생활 혹은 사회생활을 하면서 험담을 하는 경우가 많다. 그런데 내가 없는 자리에서 나를 깎아내리는 것을 좋아하는 사람은 없다. 험담을 자주 하는 사람을 보면 '나 없는 곳에서는 내 이야기도 저렇게 하겠구나' 하는 생각이 든다.

유대교 경전 《탈무드》에 다음과 같은 격언이 있다. "악의적인 소문은 한 번에 3명을 죽이는데, 소문을 내는 사람, 소문을 듣는 사람, 소문에 오른 사람이다."

누군가가 제삼자에 대해 부정적인 이야기를 시작하려 한다면 "그래? 난 잘 모르겠던데"라고 회피하는 것이 좋다. 동조했다가는

나 역시 피해를 입을 수 있다. 명심하라. 비밀은 없다. 비밀을 알고 있는 또 다른 누군가가 '아직' 누설하지 않은 것뿐이다.

제삼자에 관해 해서는 안 되는 이야기를 실수로 다른 사람에게 하고 말았다면 최대한 빨리 실수임을 고백하고 수습하는 것이 좋다. 사과 없이 당사자의 귀에 들어갔을 때는 돌이킬 수 없을지도 모른다.

"악의적인 소문은 한 번에 3명을 죽이는데,
소문을 내는 사람, 소문을 듣는 사람,
소문에 오른 사람이다."

《탈무드》

11

'네'라는 대답에는
책임이 따른다

"덮어놓고 '응, 응' 하다 큰코다친다."

답변하기 곤란하거나 상대방에게 좋은 모습을 보여주고 싶다고 해서 책임질 수 없는 대답을 하지 말자. 진심이 빠진 무성의한 대답, 그리고 말과 행동의 불일치는 신뢰를 깨트린다.

상대방의 말을 제대로 듣지도 않고 무성의하게 '응응' 대답한다면 실수가 반복되고 신뢰가 깨질 수 있다. 건성으로 하는 대답은 자칫 불쾌감을 주기 쉽다. 상대방의 말을 성의 있게 들어주는 것이 상대방에 대한 관심을 표현하는 방법임을 인식하자.

듣지 않고 대답부터 하는 습관

혜미 씨의 예비 신랑 주호 씨는 제대로 듣지 않고 '응응' 하는 버릇이 있다. 혜미 씨는 사랑하는 마음과는 별개로 주호 씨의 무성의한 대답 때문에 당황한 적이 많았다. 연애를 시작할 때는 자신을 무시하는 것 같아서 싸우기도 했다. 하지만 주호 씨는 여전히 '응응' 하는 습관을 고치지 못했다.

누구나 간직하고픈 결실의 순간, 혜미 씨는 예쁜 사진을 기대하며 웨딩 사진 촬영 날만을 손꼽아 기다렸다. 그리고 야외 촬영을 위해 오랜 시간 공들여 주호 씨의 정장을 구입했다. 이 정장은 색감이 평범하지 않아 회사에 입고 다닐 수는 없지만 멋진 촬영을 위해 특별히 마련한 것이었다. 당일 아침 촬영장으로 출발할 때 혜미 씨는 주호 씨에게 정장을 가져오라고 당부했다.

"내가 다려서 옷장 앞에 꺼내놨으니까 꼭 좀 챙겨줘."

"응."

차로 1시간 30분 넘게 달려서 스튜디오에 도착해 옷을 갈아입으려고 하는데 정장이 보이지 않았다.

"자기야, 아까 챙겨 오라고 한 정장 어딨어?"

"나한테 그랬다고? 나 못 들었는데……."

"분명 자기가 '응'이라고 대답했잖아."

"그래? 난 그냥 대답했지."

"아니, 왜 제대로 듣지도 않고 대답하는 거야!"

행복한 날, 기분 좋게 웃는 얼굴로 촬영을 시작해야 하는데 혜미 씨의 머릿속에는 두고 온 정장 생각이 떠나지 않았다.

주호 씨의 무성의한 대답은 신혼여행을 가는 날에도 혜미 씨의 마음을 엉망으로 만들었다. 몰디브로 떠나는 날, 몇 개의 캐리어를 포함해 카메라 가방까지 챙겨야 할 짐이 많았다.

"뒤로 메는 가방 잘 챙겨야 해. 거기 우리 여권 들어 있어."

"응."

"빠뜨리지 말고 꼭 차에 실어야 해."

"응응."

공항에 도착해 짐을 챙기면서 혜미 씨는 여권이 들어 있는 가방이 보이지 않는다는 것을 발견했다.

"자기, 아까 챙기라고 한 가방 어딨어?"

"가방? 언제?"

"아까 차에 꼭 실으라고 몇 번이나 말했잖아. 알겠다고 대답까지 했고."

"다른 거 챙기느라 정신이 없었나 봐……."

혜미 씨는 주호 씨에게 화를 내며 말했다.

"내 말을 안 들을 거면 대답을 하지 말든가. 아무 생각 없이 '응응' 하지만 않았어도 내가 챙겼을 거 아냐!"

설레는 신혼여행을 앞두고 혜미 씨와 주호 씨의 사이에는 찬바람이 불었다. 가방을 들고 공항까지 달려와 주신 장인어른 앞에서 주호 씨는 민망함에 땀을 뻘뻘 흘렸다.

말 한마디는 그 사람을 판단하는 기준이 된다. 언행이 미덥지 못하다면 신뢰 관계가 지속될 수 없다.

대기업 팀장인 우승 씨는 최근 직장 내에서 실시한 동료 평가에 큰 충격을 받았다. 동료 평가란 상사가 부하직원을 평가하는 것이 아니라, 팀원들끼리 서로를 평가하는 것이다. 그런데 동료들이 우승 씨를 신뢰가 가지 않는 사람으로 평가한 것이다.

"팀장님은 팀원들 요구에 매번 '응'이라고 승낙하시면서 결국 행동에는 전혀 반영이 안 되는 경우가 많습니다. 차라리 거절하면 다른 방법을 강구할 텐데 대답은 '응'이라고 하시면서 전혀 바꾸지 않으시니까요. 오히려 승낙한 것을 믿기가 어렵습니다. 심지어 이제는 허락을 받는다는 것 자체의 무게감도 떨어진 상태예요."

익명의 동료가 적어낸 날카로운 평에 우승 씨는 너무나도 당황스러웠다. 평소 우승 씨는 웬만한 요청에는 거의 '응'이라고 대답했다. 당장 거절하거나 싫은 소리를 하고 싶지 않았기 때문이다. 그러나 이런 무성의한 말과 행동이 쌓이다 보니 우승 씨는 팀 내에서 믿을 수 없는 사람이 되고 말았다.

말에 대한 신뢰는 행동과 일치할 때 이루어진다. 행동이 뒷받침되지 않은 말로는 신뢰를 얻을 수 없다. 믿을 수 있는 사람이 되고 싶다면 말과 행동이 일치해야 한다. 한마디의 대답에도 무거운 책임이 따른다는 것을 기억해야 한다.

말 한마디는 그 사람을 판단하는 기준이 된다.
언행이 미덥지 못하다면 신뢰 관계가 지속될 수 없다.

12

말 한마디에
내 정보가 들어 있다

"대화 분위기를 해치는 나쁜 말습관이 있다."

몸에 익은 말습관은 의식적으로 찾아내기 전까지는 모르는
경우가 많다. 특정 단어를 의미 없이 반복하는 말습관으로
대화 맥락을 깨뜨릴 수 있다. 자신의 말에서 필요 없는 단
어 하나만 빼거나 바꿔도 대화가 매끄러워진다.

말 한마디에는 많은 정보가 담겨 있다. 그래서 상대방의 말을 들어보면 그 사람에 대해 많은 것들을 판단할 수 있다. 사투리를 쓰는 사람들의 고향을 추측하기도 하고, 말하는 속도가 빠르냐 느리냐를 통해서 상대방의 성격을 은연중에 파악하기도 한다. 이처럼 사람들은 무의식중에 상대의 목소리와 말투에서 이미지에 대한 정보를 수집한다. 그만큼 말습관은 나의 인상에 큰 영향을 미치는 요소이다.

특정 단어를 의미 없이 반복하는 말습관을 가진 사람들이 많다. 그 말습관이 대화의 흐름을 깨는 요소로 작용한다면 더 나은 전달을 위해 교정하는 것이 좋다. 몸에 익은 말습관은 의식적으로 찾아내기 전까지는 모르고 반복하는 경우가 많다.

변명처럼 들리는 '아니'라는 말

승진 씨는 말머리에 '아니'라는 부정부사를 자주 붙인다. 최근 온라인 포털사이트에 '한국인들은 '아니'라는 단어를 붙이지 않으면 말을 시작하지 못한다'는 글이 올라와 큰 공감을 얻었다. 그만큼 '아니'라는 부정부사는 많은 사람이 의미 없이 사용하는 단어다. 하지만 이 단어가 빈번하게 반복되면 변명하는 것처럼 들리거나 앞의 내용을 지속적으로 부정하는 것 같다.

"아니, 내가 그쪽으로 안 가려고 했단 말이야."

"아니, 그 얘기를 왜 지금 하냐고."

"아니, 나 원래 하려고 했던 거야."

승진 씨가 늘 '아니'라는 말로 시작하다 보니 주변 사람들은 승진 씨가 항상 억울하다는 식으로 말하는 게 불편하다고 이야기한다. 단순한 말습관으로 승진 씨의 성향을 오해하는 것이다.

기수 씨는 '저요?'라고 되묻고 나서 대답하는 습관이 있다. 심지어 단둘이 대화할 때도 '저요?'라고 되묻다 보니, 대화의 흐름이 깨지고 상대방이 불편해하는 경우가 종종 있다. 기수 씨의 대화는 늘 이런 식이다.

"기수 씨, 식사 맛있게 하셨어요?"

"저요? 아, 네네. 맛있게 먹었습니다."

"그나저나 지난주에 중국 출장은 잘 다녀오셨어요?"

"저요? 아, 잘 다녀왔습니다."

이것은 무의식적인 습관일 수도 있고, 생각하거나 대답할 시간을 벌기 위한 것일 수도 있다. 하지만 대답마다 반복하는 것은 분명 좋지 않은 언어 습관이다. 무의미한 단어는 되도록 사용하지 않는 것이 좋다. 시간을 벌기 위해서라면 차라리 잠깐의 침묵이 낫다.

회계사 사무실에서 일하는 상은 씨는 자신감이 없어 보인다는 이야기를 자주 듣는다. '그랬던 것 같은데', '그것도 괜찮고', '저는 좋은데' 하고 항상 말끝을 흐리는 습관 때문이다.

보통 마음이 착하고 여린 사람들이 말끝을 흐리는 경우가 많다. 자신감의 문제로 볼 수 있지만, 본인의 의견을 말하면서도 상대방을 배려하고자 하는 마음에 눈치를 살피는 것이다. 하지만 이러한 말습관으로 인해 분명하지 못한 성격으로 각인될 수 있으니 개선하는 것이 좋다.

말할 때마다 어미를 끝까지 이야기하는 연습을 하는 것이 도움이 된다. 어미가 마무리될 때까지 호흡을 놓지 않으며, '-다', '-야' 등 종결어미의 마지막 음절까지 말하는 연습을 하자.

명재 씨는 말하면서 침을 삼키는 모습이 부자연스럽다. 말하는 중에 침이 고이면 호흡이 자연스럽게 끊어질 때 맞춰서 삼켜야 한다. 그러나 명재 씨는 침을 삼키느라 대화의 맥이 끊어진다.

이런 습관이 있다면 긴 대화나 장시간 발표를 하기 직전에는 침이 많이 나오는 사탕이나 음료를 자제하는 것이 좋다. 입안에 침이 고이는 것은 자연스러운 현상이지만 부자연스럽게 삼키는 모습을 보이는 것은 좋지 않다. 길게 말을 하기 전에는 커피나 카페인 음료보다 미지근한 물이나 차 종류를 마시면서 워밍업을 하자.

듣기 좋은 목소리 톤을 만들어라

복자 씨는 말의 높낮이가 없이 한 톤으로 이야기를 한다. 더구나 흥분된 톤으로 목에 힘을 주며 말하는 경향이 있어 성대에 무리가 가고 목소리가 자주 쉰다. 자연스럽지 못하고 과장된 톤으로 말하면 당사자는 물론 듣는 사람도 불편하다. 특히 너무 높은 톤으로 이야기하면 상대방은 귀가 피로하고 스트레스를 받는다.

흔한 말로 '기차화통을 삶아 먹은 듯한 목소리'도 거부감을 준다. 타고난 음색이 조금 높고 성량이 큰 사람들도 있지만 억지로 목에 힘을 주어 발성하는 습관은 성대에 무리를 주므로 지양해야 한다.

지나치게 낮은 톤으로 말하는 것도 문제가 된다. 타고난 음색이 낮은 것이 아니라, 잘못된 습관으로 누르는 소리를 내면 성대에 무리가 가고 웅얼거리는 소리가 나서 전달력도 좋지 않다.

우선 목에 힘을 빼보자. 목에 힘이 들어가지 않아야 편안한 목소리가 나온다. 울대뼈가 올라가거나 내려가지 않는 중간 상태에서 나오는 목소리가 듣기에 편하고 좋다.

건강한 목소리를 내는 법

말을 많이 하는 직업을 가졌거나 평소보다 특별히 말을 많이 해야 할 일이 있다면 성대를 보호하면서 건강한 목소리를 내기 위해 조금 더 신경 써서 관리해보자.

1. 커피나 녹차 등에는 카페인이 들어 있어 수분을 빼앗기므로 성대에 좋지 않다.
2. 탄산음료나 주스처럼 당분 함량이 높은 음료는 침이 많이 생기므로 말을 많이 하기 전에는 적당히 조절하자.
3. 가래를 유발하는 우유나 유제품은 되도록 자제하는 것이 좋다.
4. 담배를 피우면 목소리 톤이 낮아지고 음색이 탁해진다.

성대는 1초에 150~250회까지 진동하기 때문에 계속 건조해진다. 많은 사람들이 긴 시간 발표나 미팅을 할 때는 습관적으로 커피를 마시는데, 커피는 입을 마르게 해서 성대에 악영향을 미친다. 체온에 가까운 미지근한 물이나 카페인 없는 차를 마시는 것이 목소리를 관리하는 데 효과적이다.

나에게 가장 좋은 톤을 찾아라

성대 결절의 원인은 좋지 않은 발성으로 인한 성대의 불완전 접촉 (협착), 높은 톤의 격앙된 감정 표현, 과도한 성대 접촉 등이 대표적이다. 일반적으로 '잘못된 발성'으로 말을 많이 하거나 노래를 많이 부르면 성대 결절이 생긴다.

한번 성대 결절이 생기면 쉽게 낫지 않고 재발률도 매우 높다. 휴식을 취해서 증상이 호전되더라도 성대에 무리를 가하는 발성 습관을 개선하지 않으면 같은 현상이 반복된다. 평소 허스키한 목소리가 나오고 조금만 말해도 목이 금방 피로하다면 올바른 발성 훈련을 해야 한다.

올바른 발성을 위해서는 목에 힘을 주지 않고 내뱉는 목소리 톤을 찾아야 한다. '음' 하고 공명음을 낮은 톤부터 높은 톤까지 여러 가지 높낮이로 내보자. 이때 힘을 빼기 위해 허밍을 하면 좋다. 목에 힘을 빼고 입속의 공간을 넓힌 후 입술만 덮은 상태에서 허밍으로 노래해 보자.('나비야 나비야' 같은 쉬운 노래로 연습하는 것이 좋다.)

이때 성대의 변화를 직접 감지하면서 연습하는 방법이 있다. 성대는 목의 위쪽에 있고, 성대를 보호하고 있는 단단한 울대뼈가 있다. 높은 소리를 내면 울대가 올라가고 낮은 소리를 내면 내려간다. 울대뼈가 움직이지 않고 제자리에 있는 상태에서 내는 목소리가 나에게 가장 편안한 톤이다.

목에 힘을 주지 않고 '음' 소리를 낼 때 성대가 제자리에서 편안하게 진동해야 한다. 그 자리에서 나오는 목소리 톤이 '나에게 가장 적절한 톤'이라는 것을 기억하자. 기본 목소리 톤을 찾고 그것을 중심으로 음의 높낮이를 조절하면 올바른 발성을 할 수 있다.

Chapter 3

관계에 윤기를 더하는
말의 결

01
좋은 반응을
끌어내는 기술

"항상 '내 말을 듣고 있는 사람들'을 생각하자."

내가 지금 어떤 사람과 이야기하고 있는지를 기억하고, 그에 맞게 대화를 풀어가는 것이 좋다. 상대를 알면 '통하는' 이야기를 할 수 있다.

대화를 나누거나 대중 앞에서 말할 때는 우선 듣는 상대가 누구인지를 고려해야 한다. 듣는 사람에 대해 알아야 상대방의 관심을 끌어내고, 메시지를 성공적으로 전달할 수 있다.

"타인에게 효과적으로 의사를 전달하기 위해서는 상대방과의 대화를 통해서 내가 이루고자 하는 목표를 확인하고, 그 목표에 맞춰 상대방의 배경이나 사고 및 행동 패턴을 추측하며, 상대방이 흥미를 느낄 만한 주제를 잘 준비해야 한다."(《사람의 마음을 얻는 대화의 기술 48가지》, 타니모토 유카)

듣는 사람의 취향을 파악하라

청중 파악은 스피치의 성공과 직접적으로 연관된다. 우선 상대방이 흥미를 느낄 만한 예시를 선택하면 공감을 끌어내거나 방어심리를 제거할 수 있다. 예컨대 감정에 호소하는 예시를 선택한다면 공감대를 형성할 수 있고, 숫자와 데이터를 제시해서 설득력을 높일 수 있다.

취업 특강 강사인 김효진 씨는 "오랜 시간 강사로 활동할 수 있었던 비결은 청중의 기호를 파악하려는 노력 덕분"이라고 말했다. 그녀는 여대의 취업 특강에서는 '취업 시장에서 여성이 겪는 불이익에 대하여' 이야기를 시작하며 집중도를 높인다. 60세 이상 고

143

령자들을 대상으로 하는 제2의 직업 특강에서는 '유튜브로 소통하는 젊은 세대와 대화하기가 어렵다'와 같이 고령자들이 공감할 만한 이야기로 시작한다.

청중을 파악한다는 것은 관심사, 성향, 특성을 분석하는 것을 말한다. 불특정 다수의 모임이라 할지라도 간략하게나마 주최 측에서 집계하는 정보가 있을 것이다. 인원수, 연령대와 성별, 직업 등 파악할 수 있는 정보를 최대한 얻는 것이 좋다.

청중을 파악하면 연설할 때 긴장감을 완화할 수도 있다. 청중들이 아무런 반응을 보이지 않는다면 '내 얘기가 재미없나?' 혹은 '내 이야기가 뭔가 잘못됐나?'라고 생각하게 된다. 청중에 대해 파악하면 공감대를 형성할 수 있는 예문을 미리 준비하고 청중이 듣고 싶어 하는 말을 선택해서 좋은 반응을 끌어낼 수 있다.

이해하기 쉬운 표현을 사용한다

다음은 '서울 사람 99퍼센트가 모르는 경상도 사투리'라고 한다.(문정아중국어 네이버 블로그)

"야가 와이래 애볐노?(얘가 왜 이렇게 야위었니?)"

"은다. 니가 하라고.(싫어. 네가 해라.)"

"니 얼굴이 영 파이다.(네 얼굴이 영 좋지 않다.)"

'애비다', '은다', '파이다'는 각각 표준어로 '야위다', '싫다', '나쁘다'는 뜻이다. 특정 지역의 사투리는 모든 지역의 사람들이 보편적으로 쓰는 말이 아니므로 다른 지역에서 뜻이 통하지 않을 수 있다.

누군가 흔히 쓰는 일상어가 또 다른 이들에게는 생소한 말이 되는 것처럼, 환경에 따라 사용하는 용어가 다를 수 있다. 특히 교육의 정도나 종사하는 직업, 거주하는 지역에 따라 일상생활에서 사용하는 말이 달라진다.

따라서 우리가 표현하는 단어를 쉽게 풀어주는 '치환'이 필요한 순간들이 있다. 전문용어가 익숙하지 않은 상대에게는 'XX(특정 전문용어)는 당신이 알고 있는 ○○와 같다'는 식으로 이야기하면 상대방이 이해하기 훨씬 편하다. 예를 들어 '미국에 갈 때는 ESTA를 발급받아라'고 말하면서 'ESTA는 미국 입국에 필요한 서류 같은 것'이라고 설명한다.

김영희 씨는 환갑 기념으로 유럽 패키지 여행을 떠났다. 프랑스를 처음 방문했을 때, "테제베 타고 이동하겠습니다"라는 가이드의 말을 듣고, 영희 씨는 '테제'라는 이름의 '배'를 타는 줄 알았다. 동남아 여행에서 뱃멀미를 심하게 한 적이 있는 영희 씨는 서둘러 준비해온 멀미약을 먹었다. 그러자 약 기운 때문에 여행 내내 졸려서 계속 하품을 하느라 제대로 즐기지 못했다. 더구나 속까지 울렁거려서 그날 여행을 망쳤다.

가이드가 "테제베^{TGV}(프랑스어 'Train à Grande Vitesse'의 머리글자)는 한국의 KTX와 같은 고속철도 이름입니다"라고 일러주었다면 이런 해프닝은 일어나지 않았을 것이다. 상대에게 익숙한 말로 설명을 덧붙이면 이해하기 훨씬 쉽다.

부득이 정확한 단어를 사용해야 하는 경우라면 쉽게 이해할 수 있는 말로 비유해서 설명하자. '대략 이런 느낌이다'라는 정도로 전달하는 것이다.

상대의 대화 패턴을 인정하라

어느 부부의 대화를 보자. 이들은 결혼 10주년을 맞아 해외여행을 준비하고 있다. 아내는 출국하기 전에 미리 검증된 식당과 숙소를 예약하자고 한다. 그런데 남편은 '여행의 재미는 현지에 가서 직접 부딪히는 것'이라고 생각한다.

- 남편 : 여행지에 도착해서 식당과 숙소를 찾아보는 것이 어때?
- 아내 : 그건 너무 안일한 태도 같아. 원하는 숙소에 방이 없을 수도 있고, 현지 음식이 우리 입에 맞지 않을 수도 있잖아.
- 남편 : 하지만 미리 다 정해놓고 가는 뻔한 관광보다 예상하지 못한 일을 경험해보는 것도 여행의 묘미 아니겠어?

서로 견해가 다를 뿐 정답이 있는 것은 아니다. 상대의 생각이 나와 다르다는 것을 고려해야 소통이 원활하게 이루어진다. '내 말은 맞고 당신은 틀리다'는 생각이 기본 바탕에 깔려 있다면 소모적인 감정 싸움을 야기할 수 있다. 상대방을 이해하고 '그 사람의 사고방식'으로 말하는 것은 유대감을 형성하는 데 도움이 된다.

리처드 밴들러에 의하면 사람들은 각기 다른 말의 패턴을 가지고 있고, 각자 다른 대화의 성향을 보인다고 한다.(《NLP로의 초대》, 리처드 밴들러) 그의 메타 모델 이론에 따르면 사람들은 화두를 꺼내는 방식에 따라 추구형과 회피형으로 나눠진다.

추구형은 내가 원하는 것을 먼저 이야기하고, 회피형은 내가 원하지 않는 것을 먼저 꺼낸다. 예를 들어 반려동물을 선택하는 대화에서 추구형은 "나는 개가 좋아"라고 말하고, 회피형은 "나는 고양이가 싫어"라고 말한다.

어떤 결정을 하는 방식에서는 행동형과 반응형에 따라 말의 패턴이 달라진다고 한다. 행동형은 "당장 오늘 하자"고 말하는 반면, 반응형은 "일단 지켜보면서 대응하자"고 말한다.

이렇듯 사람들은 서로 다른 대화 패턴을 가지고 있기 때문에 표현 방식과 말습관이 다른 것이다. '서로 다르다'는 인식을 가져야만 상대를 이해하고 받아들일 수 있다. 상대방의 대화 패턴과 표현 방식을 인정하는 것이 소통의 시작이다.

잘 들어야
잘 말한다

"경청, 훈련이 필요하다."

호감 가는 사람들은 상대의 말을 잘 듣는다. 올바른 소통을 위해서는 반드시 경청이 전제되어야 한다. 상대가 주도하는 대화의 길에서 자신의 뜻을 자연스럽게 녹여내는 것이 바로 경청이다.

"무슨 말을 들어도 집중이 잘 안 돼요", "뭔가를 보면서도 신경이 자꾸 분산돼요"라고 호소하는 사람들이 늘고 있다. 현대인의 하루는 갖가지 소음과 잡다한 업무, 쓸데없는 인간관계 등으로 인해 바쁘고 산만한 것이 사실이다. 하지만 학자들은 현대인들의 '집중력 부재' 현상의 주된 원인을 정보통신기술의 발달이라고 한다. 점차 빨라지는 인터넷 속도가 '기다림'을 못 견디게 만들고, 쓱 읽고 닫아버리는 팝업창의 홍수가 주의력을 떨어뜨린다는 것이다.

점점 짧아지는 집중 시간

잃어버린 집중력을 되찾으려면 어떻게 해야 할까? 크리스 베일리는 《하이퍼 포커스》에서 '의도적 집중력'과 '집중의 비법'이라는 개념을 통해 현대인들이 현실적으로 집중력을 높이는 방법에 대해 말하고 있다. 그는 TED 강연에서 '집중력을 높이는 방법'에 대해 이렇게 이야기했다.

"우리가 산만해지는 것은 우리의 뇌가 과도한 자극을 받고 있기 때문이다. 우리의 뇌는 본능적으로 새로운 정보나 자극에 예민하게 반응한다. 새로운 자극을 마주했을 때 우리의 뇌는 도파민을 분비하는데, 도파민은 행복한 감정을 느끼게 하는 신경전달물질이다. 우리가 인스타그램을 훑어볼 때나 페이스북을 확인할 때도 도파민이 분비되므로 우리는 지속적으로 행복을 얻고자 산만한 앱들을 계속 열어보게 되는 것이다."

유튜버들조차 "내용에 따라 다르지만 대부분의 유튜브 방송이 10분을 넘어가면 중간에 꺼버리는 시청자들이 많다"고 고민을 토로한다. 그래서 많은 유튜버들이 "시청자들이 집중하는 시간에 맞춰서 점점 짧은 동영상을 제작한다"고 한다. 현대는 집중하기 어려운 시대라기보다 집중하게 하는 것들이 너무 많은 시대이다.

이런 집중력 부재는 자연스럽게 '경청의 부재'로 이어진다. 그러다 보니 소통을 어려워하는 사람들이 유독 많다. 단순히 말을 잘한다고 해서 소통이 이루어지는 것이 아니다. 소통을 하려면 대화를 나누는 사람과 지속적인 상호작용이 필요하다. 그러므로 올바른 소통을 위해서는 반드시 경청이 전제되어야 한다.

말하기 30퍼센트, 듣기 70퍼센트

정보통신기술의 발달로 메신저 앱을 통해 수많은 사람들과 대화할 수 있다. 그러나 역설적이게도 이런 통신 방식 때문에 대화가 실시간으로 이루어지지 않는다. 상대방을 직접 만나거나 전화로 대화하는 것과는 달리 메시지는 내가 확인하고 답변할 시간을 정할 수 있다. 그러다 보니 실제로 얼굴을 맞대고 듣는 것이 점점 지루하게 느껴지는 것이다.

그런데도 우리가 경청을 훈련해야 하는 이유는 '제대로 들어야 제대로 말할 수 있기' 때문이다. 집중하며 듣는 기술은 정보 수신과 동시에 발신에도 영향을 미친다. 우리는 상대의 이야기를 들으면서 정보를 수집한다. 메시지를 인식하고, 그것을 바탕으로 우리의 생각을 반영하여 행동한다. 따라서 이야기를 듣는 것은 '얼마나 정확히 기호를 유형화할 수 있는지'와 직결되며, 이야기를 전달하거나 새로운 내용을 말하는 능력에 밀접한 영향을 미친다.

제대로 들어야 제대로 된 반응을 할 수 있다. 단순히 말을 주고받는 것이 아니라 진정한 의사소통이 가능한 것이다. 제대로 듣지 않으면 맥락에 맞지 않는 말을 쏟아내거나 분위기를 망치기도 한다.

사람들은 자신의 말에 귀 기울이는 사람을 신뢰하는 경향이 있다. 대인관계에서는 말을 많이 하는 사람보다 경청하는 사람이 훨씬 호감이 간다. 자기 이야기만 하는 사람과의 대화는 금방 지루하다. 상대의 이야기는 흘려들으면서 자신이 하고 싶은 말만 머릿속으로 순서를 매기는 사람들이 있다. 상대가 말을 마치자마자 자기 이야기를 쏟아내는 사람에게서는 공감과 위로를 느끼기 어렵다.

수많은 커뮤니케이션 전문가들이 '좋은 대화를 하려면 말하기는 30퍼센트 이하, 듣기는 70퍼센트 이상 해야 한다'고 말한다. 상대와 진정으로 소통하려면 경청하고자 하는 노력이 필요하다.

잘 듣는 3가지 방법

그렇다면 어떻게 들어야 할까? 경청은 '단순한 듣기'와는 다르다. 수동적으로 듣기만 해서는 대화가 이루어지지 않는다. '바람직한 대화'는 상대방의 음성기호를 객관적으로 들음과 동시에 머릿속으로 그것을 주관적으로 해석하는 행동 패턴의 결합이다.

청취는 잠재적인 말하기이므로, 듣는 것은 매우 능동적인 행위라고 할 수 있다. 따라서 '올바른 경청' 기술 중에 핵심적인 3가지 방법은 다음과 같다.

첫째, 상대방은 말뿐만 아니라 표정과 행동을 통해서도 신체적 대화를 하고 있다는 것을 인지한다. 상대는 내가 '듣는 척한다'는 것을 나보다 더 잘 알고 있다. 상대방의 이야기를 진심으로 들을 때는 말뿐만 아니라 비언어적 커뮤니케이션도 주목해야 한다. 상대방이 이야기할 때의 표정이나 몸짓, 자세, 분위기까지 살펴야 한다는 것이다.

둘째, 상대방이 말하는 내용을 이해하지 못했다면 말을 중간에 끊지 않는 선에서 정중하게 질문해서 원활한 대화를 이어간다. 말은 전달되는 방식이나 듣는 사람의 배경지식에 따라 의미가 전도될 수 있다. 적절한 질문은 상대방의 입장을 충분히 공감하고 있음을 표현하는 것이다.

셋째, 맞장구와 리액션으로 대화에 집중하고 있다는 신호를 보낸다. 적절한 맞장구나 제스처를 취할 때 대화에 더 적극적으로 참여하게 되고 대화를 촉진할 수 있다.

올바른 반응은 다음과 같다.

1) 대화할 때 몸은 상대방 쪽으로 향한다. 몸을 잔뜩 뒤로 젖히고 상대방과 먼 자세를 취하면 대화가 즐겁지 않다는 느낌을 줄 수 있다.

2) 상대와 눈을 마주친다. 시선을 맞추지 않으면 '정말 내 이야기를 듣고 있는 걸까' 하고 상대방이 불안해할 수 있다.

3) 과하지 않을 만큼 고개를 끄덕여서 공감을 표현한다. 그저 조용히 고개만 끄덕여도 된다. 눈을 맞추거나 또는 잠깐 다른 곳을 보더라도 고개를 끄덕이면 상대방의 이야기에 집중하고 있다는 표시다.

4) 진심을 담아 공감을 표현한다. 너무 기계적이거나 빠른 속도로 '아, 네네. 그렇군요'라고 하면 상대방은 '알겠으니까 그만

좀 하시죠'라는 느낌으로 받아들일 수 있다. "정말?", "그래 서?"와 같이 추임새를 덧붙이면 대화가 풍성해진다.

5) 상대방의 기분을 다른 언어로 바꿔서 표현하거나 그대로 따라 한다. "요즘 회사 일이 너무 바빠요"라고 말하면, "많이 바쁘시군요. 여유 시간도 없겠네요"라고 호응한다. "노력한 만큼 결과가 잘 나와서 좋아요"라고 말하면 "고생한 만큼 뿌듯하고 보상받은 기분이겠어요"라고 표현하면 좋다.

경청은 관계를 긍정적으로 개선하고 돈독하게 만드는 윤활유이다. 흘려듣지 말고 상대방의 의도를 염두에 두고 듣는 훈련이 필요하다. "인간의 입은 하나이고 귀는 둘이다. 말하는 것보다 듣는 것을 2배 이상 해야 한다는 뜻이다."《탈무드》

경청을 방해하는 행동

대화를 나눌 때 무심코 하는 행동이 상대방의 경청을 방해하고 있지 않은지 생각해봐야 한다.

1. 책상을 손으로 반복적으로 치거나 상대방의 팔을 치면서 말하는 행동

2. 머리카락을 손으로 꼬면서 말하거나 안경을 자주 만지는 등 시선을 빼앗는 행동

3. 짝다리로 비스듬히 서거나 한손을 주머니에 넣고 이야기하는 행동

4. 상대방이 말을 마치기 전에 격한 손사래로 멈칫하게 만드는 행동

03

차라리
침묵하는 게 나을 때

"말해야 할 때와 침묵해야 할 때가 있다."

진정한 소통에는 '말을 참는 순간'이 필요하다. 침묵을 배
척하고 싶은 본성을 이기면 침묵이 가지는 힘을 사용할
수 있다.

침묵하는 것은 관계에 있어서 한 발짝 물러선다는 의미일까? 그렇게 해서 상대방에게 주도권을 내어주는 것일까? 섣부른 판단으로 무의미한 말을 내뱉는 것보다 입을 다물 줄 아는 사람에게 훨씬 신뢰감이 간다. 진정한 소통에는 '말을 참는 순간'이 필요하다. 의식적으로 말의 양을 조절해 '침묵이 가지는 힘'을 사용하는 것이다.

고대 그리스의 철학자 피타고라스는 "침묵하라, 아니면 침묵보다 뛰어난 말을 하라"고 했다. '침묵을 깰 만한 가치가 있는 말'에 더 중심을 두어야 한다는 뜻이다. 침묵은 위로가 될 수도 있고 무기가 될 수도 있다.

침묵을 못 견뎌서 '아무 말 대잔치'

친한 친구 사이인 남녀 6명의 사랑과 우정을 다룬 〈프렌즈〉는 시즌 10까지 오랜 시간 많은 사람들에게 사랑받은 미국의 텔레비전 드라마이다.

〈프렌즈〉의 주인공 중 하나인 챈들러는 실없는 농담을 좋아하고 자신이 다른 사람들보다 유머 감각이 뛰어나다고 자부한다. 그런 그가 견디지 못하는 순간이 있는데 그것은 바로 침묵의 순간이다. 그는 어색한 사람과 단둘이 앉아 있을 때 잠시라도 정적이 흐르면 그 분위기를 못 견디고 아무 말이나 꺼냈다가 후회하는 일이 많다.

챈들러는 굳이 언급할 필요 없는 제삼자의 이야기를 꺼내 불편한 상황을 만들거나 본인의 단점을 늘어놓았다가 자책하기도 한다. 마음에 드는 이성 앞에서도 엉뚱한 농담을 해서 분위기를 깨뜨린다. 시트콤에서는 재미있는 장면들로 묘사되었지만, 현실에서 챈들러처럼 불필요한 말을 덧붙이는 습관이 있다면 자신의 이미지를 스스로 실추시킬 수 있다.

스피치 교육을 위해 그룹 수업을 진행하다 보면 가끔 '챈들러'들을 만난다. 수업이 시작되기 전 새로운 사람들과 처음 만난 자리에서 어색함을 견디지 못하고 불안해하거나, 옆 사람에게 자기 이야기를 일방적으로 주저리주저리 꺼내놓는 사람들이 생각보다 많다. 그야말로 혼자 아무 말 대잔치를 하는 것이다. 이런 사람들의 말하기 패턴은 대체로 다음과 같다.

"어디서 오셨어요? (대답할 시간도 주지 않고) 아, 어제 주말이라고 산악회 모임에서 술을 너무 많이 마셔서 그런지 몸이 아주 피곤한데 첫 수업이라고 오느라 죽는 줄 알았네요. 아(한숨), 안 마시려고 했는데 주변에서 자꾸 마시라고 권하는 바람에 3차까지 달렸더니 지금도 술이 안 깨는 것 같은데……. 저한테 술 냄새가 나나요? 아휴, 제대로 씻지도 못하고 머리도 못 감고 왔네……."

잠깐의 공백을 참지 못해 어떤 말이라도 꺼내서 어색함을 줄이려고 한 것이 오히려 스스로의 이미지만 망칠 수 있다. 인간은 침묵을 배척하는 본성이 있다고 한다. 그래서 침묵에 불편함을 느끼는 사람들은 자신이 무슨 말을 하고 있는지 깊이 생각하지도 않은 채 끊임없이 말을 꺼낸다. 인도의 철학자 오쇼 라즈니쉬는, "진짜 문제는 사람들이 무슨 말을 하는지도 모른 채 끊임없이 주절거리는 것이다. 억지로 무슨 말이든 하려고 애쓰는 것이 오히려 문제이다"라고 지적했다.

침묵으로 대화를 주도한다

사람들은 침묵과 무반응을 혼동한다. 오쇼 라즈니쉬는, "침묵을 부정적으로 판단하는 것이나, 침묵을 소리와 소음이 없는 공허한 상태로 정의하는 것이 곧 침묵에 대해 흔히 저지르는 오해"라고 말한다.

일반적으로 침묵은 말을 하지 않는 상태 또는 무음의 적막 상태를 뜻한다. 하지만 대화에서는 내가 침묵해야 상대방이 말할 기회가 생긴다. 또한 침묵을 통해 상대방이 지금의 화제를 진지하게 숙고할 시간을 주는 것이다.

슬픔을 겪고 있는 친구 옆에서 말없이 가만히 앉아 있는 사람을 생각해보자. 어떤 위로와 조언도 없이 조용히 옆을 지키고 앉아 있다가, 친구가 감정이 격해져 눈물을 흘릴 때면 말없이 손을 잡아준다. 아무도 이러한 행동을 무반응으로 보지 않는다.

말로만 상대와 교감을 나눌 수 있는 것이 아니다. 스킨십과 눈빛, 상대방의 이야기를 경청하는 것만으로 충분히 교감을 나눌 수 있다. 또한 침묵은 어떤 말보다 더 큰 위로를 준다는 것을 기억하자.

침묵의 순기능은 위로뿐만 아니다. 독일의 커뮤니케이션 전문가 코르넬리아 토프는 《침묵이라는 무기》에서 "침묵이 인간관계에서 무기로 사용될 수 있다"고 말했다. 그럼 어떤 경우에 침묵이 무기가 되는 것일까?

진영 씨는 친구와 대화를 나누던 중 친구의 무례한 말에 기분이 상했다. 그러나 그 순간 싸울 듯한 기세로 언성을 높이기보다 잠시 침묵을 유지했다. 일순간의 정적이 주는 무게감으로 친구는 자신의 말실수를 눈치채고 진영 씨에게 사과했다.

거래하거나 논쟁을 벌여야 하는 상황에서도 내가 가진 모든 패를 말로 드러내지 말고 침묵을 유지해보자. 침묵은 상대방을 오히려 불안하게 만들어 대치 관계에서 우위를 점할 수 있다.

적절한 침묵은 불안감을 배가해 날카로운 말보다 더 강한 무게감을 전달한다. 침묵의 힘을 발휘하려면 단순히 입을 다물고 소리를 내지 않는 것에 그치지 않고 생각을 정리해야 한다. 감정에 휘둘려 말하다 보면 중간중간 생각을 정리하기 어렵지만 침묵하는 동안에는 조용하고 침착하게 생각을 정리할 수 있다.

04

나를
주목하게 하는 기술

"대화하는데 휴대폰은 왜 자꾸 보는 거죠?"

내 말에 집중하지 않는 사람과 이야기를 나누고 싶을 리 없다. 호감을 주는 사람들은 그 순간의 대화와 내 앞의 상대에게 집중하고 있다는 것을 온몸으로 보여준다.

효선 씨는 오랜만에 여고 동창 은혜 씨를 만났다. 서로 집이 멀고 바쁘다는 이유로 6년 만에 만난 것이다. 그동안 꾸준히 메신저나 SNS로 소통했기에 오랜만의 만남에도 어색하지 않을 줄 알았다.

하지만 서로의 안부를 물어본 순간부터 테이블 위에 올려놓은 은혜 씨의 휴대폰이 쉴 새 없이 울렸다. 은혜 씨는 휴대폰을 잠깐 확인한 후 "응, 말해" 하고 효선 씨와 대화를 이어가려고 했다. 하지만 그 후로도 지속적으로 울리는 진동과 알림 소리에 대화가 자꾸 끊어졌다. 급기야 효선 씨는 은혜 씨에게 "많이 바쁜가 봐. 내가 시간 뺏은 거 아니니?"라고 물었다.

알고 보니 끊임없는 알림 소리는 업무상 중요한 연락이 아니라 은혜 씨의 SNS 친구들이 피드를 올렸다는 알림에 불과했다. 잠깐 동안에도 은혜 씨는 휴대폰을 확인하고 내려놓기를 반복했다. 결국 두 사람은 긴 시간을 마주 앉아 있었지만 진솔한 대화를 나누지는 못했다. 중요한 대화를 시작하려고 할 때마다 은혜 씨가 휴대폰을 확인했기 때문이다. 효선 씨는 집으로 돌아오면서, '이 친구와는 카카오톡 안부나 SNS 댓글 소통이 더 진정성 있게 느껴지는구나'라는 생각에 씁쓸했다.

나 지금 누구와 얘기하고 있니?

현대인들은 혼자 있으나 혼자가 아니고, 함께 있으나 함께가 아닌 시대를 살고 있다. 사람들은 SNS를 통해 다른 사람들과 사회적 교류를 하고, 휴대폰의 다양한 기능을 사용하면서 여가 시간을 즐긴다. 그런데 휴대폰을 들여다보는 습관이 몸에 배면 무의식중에도 휴대폰에서 눈을 떼지 못한다.

'스몸비'라는 신조어가 있다. 스마트폰과 좀비의 합성어로 휴대폰 화면을 들여다보느라 길거리에서 고개를 숙이고 걷는 사람을 넋 빠진 시체 걸음걸이에 빗댄 말이다. 휴대폰에 중독된 사람은 다른 일상의 행동을 할 때도 휴대폰을 들여다본다. 심지어 여러 사람과 모이는 자리나 둘만의 대화에서도 휴대폰을 놓지 못한다. 우리는 인터넷상의 누군가를 만나기 위해 당장 눈앞에 있는 사람과의 시간을 소중히 여기지 않는다.

한 재혼 전문 업체에서 새로운 만남을 원하는 전국의 남녀 616명을 대상으로 '맞선 시 가장 심한 불쾌감을 불러일으키는 상대의 자세'에 대한 설문조사를 했다. 그 결과 응답자 중 절반에 가까운 남성 49.4퍼센트, 여성 43.2퍼센트가 '휴대폰으로 제삼자와 끊임없이 문자 등을 주고받는 것'이라고 대답했다. 이성과의 첫 만남에서 상대에게 집중하지 않고 휴대폰만 들여다보는 것은 예의에도 어긋나는 일이다.

내 앞에 있는 사람과 진정한 소통을 하고 싶다면 휴대폰 에티켓을 지키자. 대화 중에는 진동이나 무음으로 설정하는 것이 바람직하다. 그리고 손에 쥐고 있기보다는 테이블에 놓거나 가방에 넣어 상대방의 주의가 흐트러지지 않게 하는 것이 좋다. 대화하고 있는데 급한 연락이 오면 상대에게 정중히 양해를 구해야 한다. 대화의 모든 순간에 상대에게 집중하는 사람이 호감을 준다.

쳐다보는 것도 대화 기술이다

그렇다면 '내가 당신의 대화에 집중하고 있다'는 사실을 알려주면서 상대방과 자연스럽게 대화를 이어나가기 위해서는 어떻게 해야 할까? 들고 있는 휴대폰만 내려놓으면 될까? 아니다. 상호작용이 잘되기 위해서는 신경 써야 할 것이 있다. 바로 올바른 시선 처리다. 여유 있는 눈빛은 상대방을 매료시킨다. 경청은 단순히 귀로 듣는 것보다 눈맞춤과 제스처를 활용할 때 더욱 효과적이다.

사람들과 대화하거나 발표할 때 눈을 어디에 두고 어떤 제스처를 취해야 할지 고민하는 사람들이 많다. 눈을 맞추고 이야기하는 것을 부담스럽게 여겨 다른 곳에 시선을 두는 사람들도 많다.

함 과장은 상대방과 대화할 때 눈을 맞추지 않고 컴퓨터 모니터를 쳐다보거나 고개를 돌려 딴 곳을 바라보는 습관이 있다. 사무실 직원들은 "함 과장님이 내 이야기를 듣는지 다른 생각을 하고 있는지 알 수가 없어"라고 말한다. 사람들은 보통 '저 사람은 지금 내 이야기에 흥미가 없구나'라는 생각이 들면 더 이상 깊은 대화를 하지 않으려고 한다.

커뮤니케이션에서는 시선 처리가 매우 중요하다. 대화할 때 먼 산을 바라보거나, 특히 시계를 자주 확인하는 행위는 상대방에게 큰 결례가 될 수 있다. 예전부터 우리나라에서는 나이 많은 사람 혹은 지위가 높은 사람들과 대화를 나눌 때 눈을 똑바로 쳐다보는 것은 예의가 아니라고 여겼다. 그래서 나이나 직급이 자기보다 높은 사람 앞에서는 시선을 낮추는 것이 예의였다. 하지만 시대가 변하면서 인식도 변했다. 요즘은 면접이나 상사와 대화할 때 눈을 제대로 마주치지 않으면 오히려 관심 없고 무성의한 태도로 간주되기도 한다.

60 : 40 원칙, 자연스러운 시선 처리

그렇다면 일대일 대화에서 기본적인 시선 처리는 어떻게 하면 좋을까? 무턱대고 눈을 피해서도 안 되지만, 긴 시간 동안 상대를 계속 직시하는 것도 부담스럽다. 이야기하는 내내 계속 눈을 마주치는 것도 쉬운 일은 아니다. 이때 60 : 40 원칙을 기억하면 조금 수월하다. 상대방의 긴장감을 풀어주고 자연스러운 시선 처리를 하려면 대화 중 60퍼센트의 시간은 상대방과 눈맞춤을 하고, 나머지 40퍼센트의 시간은 다른 부분을 바라봐야 한다.

독일의 비즈니스 컨설턴트이자 베스트셀러 작가인 키스호르 스리다르는 《생각의 역습》에서 "대화를 나눌 때 눈맞춤이 60퍼센트를 넘으면 상대는 자신을 응시한다는 느낌을 받게 되고, 40퍼센트 이하일 때는 거리감이 생기거나 멋쩍은 분위기가 형성된다"고 한다. 무조건 지속적인 응시만이 좋은 것은 아니라는 뜻이다. 대화할 때 전체 시간의 60퍼센트 정도는 눈을, 나머지 40퍼센트는 얼굴과 목 사이를 응시하며 시선을 적당히 분배해야 한다. 시선의 상한선을 상대방의 이마에 두고 하한선을 얼굴 아래나 목, 흉골, 어깨에 두어야 한다.

또한 상대방과 눈을 마주칠 때 부담 없이 편안하게 느끼는 시간은 평균 4초라고 한다. 4초간 상대방의 눈을 응시하는 것이 불편하다면, 2초는 눈을 보고, 2초는 상대의 미간을 쳐다보면서 눈 맞추는 시간을 서서히 늘려가는 훈련을 하자. 눈썹과 눈썹 사이를 응시하다가 눈동자를 쳐다보며 자연스럽게 시선을 움직였다가 다시 눈을 쳐다보는 것이다. 익숙해질수록 상대의 눈동자를 바라보는 것이 덜 어색하고 깊은 대화를 이끌어갈 수 있다.

청중들을 어떻게 쳐다볼 것인가?

대중 앞에서 발표할 때도 시선 처리가 중요하다. 한곳에만 눈을 고정하면 다른 청중을 외면하는 것으로 보인다. 시선을 천천히 옮기면서 이야기해야 청중들의 집중을 끌어올리며 메시지 전달력이 높아진다. 대중 앞에서 스피치를 할 때의 효과적인 시선 처리 방법은 다음과 같다.

1. '乙' 자로 움직이기

한곳을 정해두고 거기서부터 '乙' 자를 그리며 시선을 천천히 움직인다. 마지막 지점에서 천천히 처음으로 거슬러와도 되고, 처음으로 건너뛰어 다시 '乙' 자를 그리며 시선을 움직여도 된다.

2. 3등분하여 움직이기

정면에 있는 청중을 3등분한 후 '왼쪽 → 오른쪽 → 가운데' 순서로 시선을 움직인다.

3. 오아시스 기법

나에게 가장 집중하는 사람을 오아시스(기준점)로 삼는 방법이다. 기준점이 된 사람을 응시하다가 오른쪽으로 움직여서 시선을 돌리고, 다시 오아시스로 돌아오고, 반대 방향으로 시선을 움직였다가 다시 돌아오기를 반복한다.

나는 오아시스 기법을 주로 사용한다. 청중들에게 골고루 시선을 마주쳐야 한다는 것은 알지만 기준점이 없으면 너무 어색하게 눈을 돌리는 모양새가 되기 쉽다. 오아시스(기준점)는 나에게 가장 호감 어린 눈빛을 보내는 사람으로 정하는 것이 좋다. 표정이 뚱하거나 인상이 날카로운 사람을 바라보면 긴장감이 더 고조된다.

많은 청중 속에서 오아시스를 쉽게 찾으려면 가벼운 질문을 던져보자. "오늘 날씨가 참 좋죠?", "다들 점심 식사는 하셨어요?" 등의 질문을 던졌을 때 긍정적으로 반응하는 사람은 일반적으로 발표 내내 적극적이고 호의적인 반응을 보이는 경향이 있다. 맨 앞줄에 앉은 사람들을 선택하는 방법도 있다. 맨 앞자리는 발표자와 거리가 가까워서 시선을 마주치고 집중할 기회가 많다.

단 한 줄로
전달력을 높여라

"내 뜻을 전하는 '분명한 한마디'를 정리하자."

아무리 길게 이야기한다 해도 내 의도를 제대로 전달하지
못하면 소용없다. 핵심을 명료하게 전달하려면 정리해서
말하는 훈련을 해야 한다.

평소 유튜브나 텔레비전에서 자주 접하던 유명 강사의 강연을 들으러 간 적이 있다. 그 강사는 재치 있는 입담으로 유명한 사람인데, 그날 나와 함께한 일행 모두 현장 강의를 듣는 것은 처음이라 기대가 컸다. 청중의 대다수가 여성이라 강사는 타깃층에 맞춰 시댁과의 갈등, 아이와의 트러블 등 공감 소재를 가지고 유머러스하게 강연을 풀어나갔다.

강의 내용은 재미있는 사례와 감동적인 스토리로 채워졌다. 강사의 현란한 말솜씨에 관객들은 박장대소를 하기도 하고 눈물을 훔칠 때도 있었다. 하지만 시간이 지날수록 사례만 나열되고 있다는 느낌을 지울 수가 없었다. 필기하려고 꺼낸 노트와 펜이 무색하게 90분이라는 강의 시간이 끝날 무렵까지 적을 만한 것이 하나도 없었다.

'그래서, 도대체 무슨 말을 하고 싶은 거지?' 강의가 끝나자 공허함만 남았다. 이날 강의 주제는 분명 '자기계발과 교육' 콘텐츠라고 했는데, 유머를 빼고 나니 핵심 메시지가 없었다. 강사도 처음에는 그날 강의에서 전달하고자 했던 핵심 메시지가 분명 있었을 것이다. 그러나 재미와 좋은 표현력에도 불구하고 중요 포인트가 빠져 있었다.

유튜브에 올라온 잘 편집된 10분짜리 영상과 달리 실제 강연에서는 메시지 전달이 부족해 조금 실망스러웠다. 일행들 역시 강의가 끝나고 나오면서 "열심히 웃은 것 말고 남는 게 없네요"라고 말했다. 그들도 강의의 핵심 메시지가 뭔지 모르겠다고 했다.

유머를 목적으로 하는 것이 아니라면 아무리 재미있는 강의도 핵심 메시지가 없다면 실패한 것이다. 상대의 마음을 움직이기 위해 오랜 시간 공을 들여 이야기했는데, "그래서 무슨 이야기가 하고 싶은 거예요?"라고 말한다면 얼마나 허무할까? 말이 길다고, 재미가 있다고 전달력이 높은 것은 아니다.

결론부터, 간결하게 말하라

같은 내용을 가지고도 어렵게 말하는 사람이 있고, 알아듣기 쉽게 설명하는 사람이 있다. 어떤 사람은 길게 이야기하는데 듣는 내내 무슨 말을 하는지 모르겠고, 어떤 사람은 짧게 이야기하는데도 정확한 의도를 파악할 수 있다. 그 차이가 무엇일까?

'공부 잘하는 것과 잘 가르치는 것은 별개다'라고 말한다. 많이 안다고 해서 무조건 잘 전달할 수 있는 것은 아니라는 뜻이다. 상대방이 이해하기 쉽게 전달하는 사람은 자신이 말하는 내용의 핵심이 무엇인지 파악하고 있다. 반대로 내가 아는 것을 전부 다 설명하려고 한다면 듣는 사람은 혼란스러울 수밖에 없다.

듣는 사람이 이해하기 쉽게 설명하는 방법 중에 하나가 비유를 활용하는 것이다. 핵심을 명료하게 전달하는 사람들의 4가지 특징은 다음과 같다.

첫째, 결론부터 말한 다음 부연 설명을 한다. '결론부터 말하라'고 하는 이유는 명쾌하고 정리된 느낌을 주기 때문이다.

하지만 실제로는 결론부터 말하는 사람들이 많지 않다. 결론을 먼저 이야기해버리면 이후에는 맥 빠지거나 무언가 설명이 부족할 것이라고 생각한다.

물론 모든 대화에서 정확한 메시지를 전달할 필요는 없다. 자주 만나는 친구나 지인들과 사소한 이야기를 나눌 때는 두서없이 말해도 충분히 감정 교류를 할 수 있다. 하지만 사소한 대화에서도 개인적인 이야기를 세세한 것까지 주저리주저리 나열하거나, 다양한 주제를 횡설수설한다면 상대방은 대화에 집중하지 못하고 피로감을 느낀다.

이야기의 인과관계를 드러내야 하는 드라마에는 '기승전결'이 필요하지만, 긴박하게 돌아가는 현대사회를 살아가는 사람들은 '기승전'을 구구절절 듣기보다 결론부터 알고 싶어 한다. 핵심을 정확히 전달하고 싶다면 결론을 도출하기까지의 과정을 장황하게 나열해야 설득력이 있다는 생각을 버리자. 결론을 먼저 말하고 나서 부연 설명을 하는 방식이 더 효과적이다. '결론 – 왜냐하면'의 전개 방식으로 집중도를 높일 수 있다.

둘째, 말머리에 앞으로 이야기할 주제를 던져서 상대방이 흐름을 미리 파악하게 한다. 나는 줄거리를 먼저 살펴본 다음에 본격적으로 영화를 관람한다. 스포일러가 되지 않는 정도에서 미리 흐름을 알고 봐야 인물 관계도를 쉽게 파악하고 캐릭터의 감정에 몰입할 수 있으며, 전개되는 사건에 의아해하지 않고 집중할 수 있다. 하물며 대화나 강연은 한 편의 영화보다 짧다. 그러므로 서두에 앞으로 나올 주제를 미리 알려주어야 상대가 짧은 시간에 집중할 수 있다. 직장에서도 '일을 잘하는 사람'은 일목요연하게 말하며 서두에 주제를 던져서 듣는 사람의 집중력을 높인다.

"팀장님, 고객 평가에 대해 드릴 말씀이 있습니다."

"사장님, 협력사 인증에 관한 이야기인데요."

"김 과장, 사내 행사 후 회식 자리 말인데……."

내가 무슨 말을 하려고 하는지 상대방이 미리 파악할 수 있도록 주제를 짧게라도 언급하고 시작한다.

셋째, 간결한 문장으로 말한다. 문장을 끊지 않고 줄줄 이으면 주어와 술어의 대응이 맞지 않는 실수를 하게 된다. 전달력도 떨어지고 주제에서 벗어나는 말을 하기도 쉽다. 소위 말해 이야기가 옆길로 샌다는 것이다. 어떤 사람들은 문장을 길게 늘어놓는 과정에서 자신이 원래 하고자 했던 말이 무엇인지 잊어버리기도 한다.

"여보, 내가 오늘 처리해야 할 업무도 많고 은행 들렀다가 외부 미팅까지 잡혀서 너무 정신이 없네. 대신 세탁소 좀 들러줄래?"
라고 말하면 듣는 사람은 마지막 핵심에 도달하기 전에 집중력이
흐트러진다.

"여보, 세탁소 좀 들러줄 수 있어?"라고 짧게 말한 다음 "오늘
은행에 들렀다가 외부 미팅까지 해야 하는데 세탁소 갈 시간이 없
을 것 같아" 하고 이유를 덧붙이면 된다.

말할 때는 문장의 최소 단위를 생각하자. 주어와 목적어, 서술
어 정도로 구절을 나누면 문장을 길게 늘어트리지 않고 말할 수
있다.

넷째, 짧게 말한다. 무조건 말을 짧게 축약하라는 뜻이 아니
다. 예를 들어 '별걸 다 줄인다'를 '별다줄', '아이스 바닐라 라테'
를 '아바라', '얼어 죽어도(아무리 추워도) 코트만 입는 사람'을 '얼
죽코'로 줄여서 말하면 무슨 말인지 못 알아듣는 사람들이 있다.

짧게 말한다는 것은 메시지를 간결하게 정리하라는 뜻이다. 그
래야 의미가 훨씬 명확하게 전달된다. 소셜네트워크 서비스 트위
터는 '지저귄다', '지저귐'이라는 뜻이다. 온라인상에서 메시지를
주고받거나 글을 게시(포스팅)하는데, 사용자가 하고 싶은 말을 재
잘거리듯 짧게 올릴 수 있어서 지금까지도 많은 사람들이 사용하
고 있다.

트위터가 생길 당시 국제표준에 따라 휴대폰의 단문 메시지 최

대 길이는 160자였다. 하지만 트위터는 한 번에 보낼 수 있는 글자 수를 140자로 제한했다. 짧은 문장으로 본인의 의도를 전달하려면 핵심 내용이 집약되어야 한다. 대화를 통해 전달하고자 하는 메시지를 반드시 '트위터처럼' 140자로 간추릴 필요는 없지만 내용이 간결할수록 핵심을 파악하기 쉽다는 사실을 기억하자.

"진짜 문제는 사람들이 무슨 말을 하는지도 모른 채
끊임없이 주절거리는 것이다. 억지로 무슨 말이든
하려고 애쓰는 것이 오히려 문제이다."

오쇼 라즈니쉬

핵심은
딱 3가지로 전달하라

"중요한 내용을 말할 때는 숫자를 활용하자."

핵심을 강조하거나 정리할 때 숫자를 사용하면 집중력을 높이고 기억에 오래 남는 효과가 있다. 그중 '3'은 전문가들이 사용하는 과학적인 숫자이다.

숫자나 서수를 활용하면 내가 말하고자 하는 핵심 내용을 보다 명확하게 전달할 수 있다. 듣는 사람 또한 기억에 오래 남고 핵심을 쉽게 짚어낸다. 그리고 숫자와 서수를 활용하는 것은 앞으로 중요한 내용이 나올 것이라는 신호가 된다. 그 신호를 토대로 상대방은 집중할 준비를 한다.

"오늘 말씀드릴 이야기는 3가지입니다."

"오늘의 핵심은 2가지입니다."

"포인트는 3가지로 요약할 수 있습니다."

"딱 이 한 가지만 기억하면 됩니다."

"제가 이 회사에 적합한 인재라는 것을 3가지로 증명할 수 있습니다."

이렇게 숫자로 말하면 핵심 주제가 체계적으로 구조화되기 때문에 말하는 사람도 강약 조절을 능숙하게 할 수 있다. 또한 전달력이 높아지고 전문적인 느낌과 신뢰감을 준다.

맥킨지가 인정한 '3의 법칙'

전문가들은 전달하고자 하는 핵심 메시지는 3가지를 넘지 않는 것이 좋다고 말한다. 《스마트 싱킹Smart Thinking》의 저자이자 인지과학자인 아트 마크먼 교수는 신경의학적 근거를 토대로 '3의 법칙'을 밝혔다. 그에 따르면 사람의 두뇌가 한 번에 흡수 가능한 정보 덩어리는 3개에 불과하다는 것이다. 수십 개의 정보와 지식을 전달한다고 해도 정작 기억에 남는 것은 3개뿐이다. 3개 이상의 메시지는 기억하기 어렵다는 뜻이다.

글로벌 컨설팅 기업 맥킨지도 프레젠테이션 기법으로 '3의 법칙'을 사용한다. '3의 법칙'은 강조하고 싶은 것이 무엇이든 3가지로 요약해서 정리하는 것이다. 맥킨지뿐만 아니라 세계적인 명문 하버드 대학교, MIT, 펜실베이니아 주립대학교의 와튼스쿨에서도 토론이나 발표를 할 때 '3의 법칙'을 사용한다.

최고의 프레젠터 중 하나로 꼽히는 스티브 잡스는 신제품을 공개하는 발표회에서 순식간에 청중을 사로잡은 것으로 유명했다. 스티브 잡스 역시 '3의 법칙'을 가장 효과적으로 활용한 사람이다. 그는 이야기를 3개로 나눈 '3부 구조'의 프레젠테이션을 즐겨 사용했다. 출시되는 제품을 공개할 때도 특징을 3가지로 요약해서 제시했다. 아이패드2를 선보일 때는 "더 얇고, 더 가볍고, 더 빨라졌다"는 단 세 마디로 핵심을 전달했다. 또한 그는 강조하고자 하는 메시지를 세 번 반복했다.

2005년 스탠퍼드 대학교 졸업식에서 그의 연설은 특히 많은 공감을 얻었는데 여기에서도 '3의 법칙'이 등장한다. "오늘 저는 여러분에게 제 인생에서 일어났던 3가지 이야기를 하고 싶습니다. 별로 대단한 이야기는 아닙니다. 딱 3가지입니다." 스티브 잡스는 연설 말미에 어릴 적 용기를 북돋워주었던 "만족하지 마라 Stay Hungry", "항상 모자람이 있다고 생각하라 Stay Foolish"라는 말을 세 번 반복했다.

'3의 법칙'을 사용하면 메시지가 대중에게 매우 효과적으로 전달된다. 핵심 내용을 전달하고 싶다면 '3의 법칙'을 기억하자.

07

딱딱한 관계를
부드럽게 만드는 언어

"논리를 앞세우되 감정언어를 적절하게 사용한다."

감정적인 단어를 완전히 배제한다고 해서 신뢰감을 높일
수 있을까? 의사소통을 할 때는 논리적인 언어와 더불어
감정언어를 적절히 섞어야 관계가 더욱 돈독해진다.

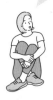

우리가 사용하는 언어에는 사실언어와 감정언어가 있다. 사실언어란 말 그대로 객관적인 사실을 전달하는 언어이고, 감정언어란 사실언어에 말하는 사람의 감정을 덧붙이는 것이다.

감정언어 = 사실언어 + 감정의 전달

효과적인 커뮤니케이션을 위해서는 사실언어와 감정언어를 적절하게 섞어야 한다. 커뮤니케이션은 일상에서도 중요하지만 회사생활에서는 성과와 업무 능력과도 직결되므로 더더욱 신경 써야 한다.

감성적인 단어를 살짝 섞어라

얼핏 생각하기에 회사에서는 감정언어를 최대한 배제하고 사실언어만을 사용해야 할 것 같다. 공적인 자리에서 감정언어를 사용하면 프로답지 못하다고 느껴지기 때문이다. 정말 그럴까? 직장 생활에서 동료들과 일상적인 대화를 나눌 때 감정언어를 적절하게 사용하면 인간관계가 매끄럽고 풍성해진다.

몇 해 전 배우 김서형이 출연했던 진통제 광고를 떠올려보자. 평소에 냉철한 상사인 김서형은 부하직원에게 수정한 서류를 빨리 제출하라고 요구하면서 "시간 없어"라고 채근한다. 실제로 직장 상사에게서 흔히 볼 수 있는 모습이다. 그런데 부하직원이 두통으로 머리를 감싸며 인상을 찡그리는 모습을 본 김서형은 부하직원이 서류를 제출하러 잠시 자리를 비운 사이 책상 위에 두통약과 함께 메모 한 장을 남겨둔다. 그 메모에는 이렇게 적혀 있다. "잘하고 있어."

이것은 명백한 감정언어이다. 이 메모를 받은 직원은 어떤 기분이었을까? 아마 상사에게 서운했던 감정이 사르르 녹지 않았을까?

'잘하고 있어', '네가 노력하고 있는 것 알아', '힘들지? 고생이 많아'와 같은 감정언어는 듣는 사람에게 큰 격려와 위로가 된다. 비단 상사와 부하직원뿐만 아니라 동료에게도 '수고하셨습니다', '감사합니다', '당신이 있어 든든합니다'라고 말하면 긍정적인 관계를 형성하는 데 큰 도움이 된다.

직장인이라면 상사에게 제출한 보고서가 자꾸 반려되는 것보다 힘든 스트레스가 없을 것이다. 방대한 자료를 수집하고, 공들여서 그래프도 그리고, 충분한 표를 첨부하여 보고서를 만들었는데 상사는 제대로 보지도 않고 다시 제출하라고 한다. 대체 보고서 작성은 왜 이렇게 어려운 것일까? 상사가 괜한 꼬투리를 잡는 것 같다는 생각이 든다. 바로 이때도 적절한 감정언어 사용이 빛을 발한다.

직장 생활에서 보고가 어려운 이유는 우선 보고서 작성이 방대한 자료에 입각한 팩트(사실)의 나열이라고 생각하기 때문이다. 그러다 보니 상사가 원하는 니즈^{Needs}를 전혀 고려하지 못하는 것이다. 보고를 잘하려면 우선 상사의 니즈가 무엇인지 알아야 한다. 그리고 여러 가지 팩트 중에서 가장 중점적으로 다뤄야 할 이슈를 감정언어를 사용하여 강조해야 한다. 강조한 이슈가 상사의 니즈와 부합할 때 훌륭한 보고가 된다.

열거된 사실 중에서 가장 중요한 것들을 정리해서 보여줄 수 있는 능력은 감정언어를 통해 발휘될 수 있다. 다음과 같은 감정언어를 적절히 사용해보자.

"이런 사실을 받아들인다면, 그 결과가 고무적일 것입니다."

"지금까지의 통계 수치들을 고려해볼 때 마지막 안건을 선택하면 더욱 만족스러운 결과를 도출할 수 있을 것입니다."

"이상 5가지 대안 중에서 세 번째 안을 선택한다면 고객 감동을 끌어올리는 데 더욱 효과적일 것입니다."

"뿌듯한 결과를 낼 수 있습니다."

단순히 여러 가지 사실들을 나열하는 것이 보고서가 아니다. 그런 사실들을 어떤 관점에서 바라봐야 하는지 정리할 수 있는 능력, 자신의 관점을 체계적으로 서술하는 능력은 감정언어로 발휘된다.

나를 알아주는 한마디

'지음知音'이라는 고사성어가 있다. 한자어의 뜻풀이는 '소리를 알아듣는다'이고, '자기의 속마음을 알아주는 친구'를 표현하는 말이다. 이것은 중국 춘추시대 거문고의 명수 백아와 그의 친구 종자기의 이야기에서 유래했다.

백아가 높은 산을 오르고 싶은 마음으로 거문고를 연주하면 종자기는 "참으로 근사하다. 하늘을 찌를 듯한 산이 눈앞에 있구나"라고 말했다. 백아가 흐르는 강물을 생각하며 거문고를 타면 종자기는 "기가 막히다. 유유히 흐르는 강물이 눈앞을 지나가는구나"하고 감탄했다. 백아는 진정으로 자신의 소리를 알아주는 사람은 종자기밖에 없다고 말했고, 지음은 자신을 잘 이해해주는 둘도 없는 친구를 뜻하게 되었다. 자신의 연주를 알아주던 종자기가 병으로 세상을 떠나자, 백아는 거문고 줄을 끊어버리고 더 이상 자기를 알아주는 사람이 없음을 슬퍼했다.

사마천의《사기史記》에는 "선비는 자신을 알아주는 사람을 위해 목숨을 바친다士爲知己者死"는 글이 있다. 사람은 누구나 인정받고 싶은 욕구를 가지고 있다. 그리고 자신을 인정하고 지지하며 공감해주는 사람을 소중히 여긴다. 상대방의 감정을 읽는 감정언어는 사람을 성장시키는 내재적 동기부여의 역할을 한다.

감정언어는 상대방과 공감하는 데 효과적이다. 가령 상대방을 신뢰한다는 표현이나 상대방의 행동에 의미를 부여하는 말, 상대방을 관심 있게 지켜본다는 말, 상대방의 슬픔에 공감한다는 말들이 누군가의 인생을 바꾸는 계기가 될 수 있다.

상대의 생각을 읽으려면
질문을 하라

"좋은 질문을 하면 대화의 주도권을 가질 수 있다."

질문의 힘을 활용하려면 먼저 어떤 질문이 효과적인지 알아야 한다. 미적지근하고 겉도는 대화를 벗어나고 싶다면 상대방이 흔쾌히 답변할 수 있도록 질문을 건네보자.

질문의 힘은 이미 오래전에 증명되었다. 수많은 과학적 발견과 새로운 이론의 근간은 호기심 어린 질문이었다. "왜 사과나무에서 사과가 떨어지는 걸까?"라는 질문에서 뉴턴은 만유인력의 법칙을 발견했다. "지구를 중심으로 우주가 도는 걸까, 태양을 중심으로 지구가 도는 걸까?"라는 의문을 가진 코페르니쿠스는 지구가 돈다는 지동설을 주장했다. "빛처럼 빠른 속도로 나는 우주선이 있다면 어떻게 보일까?"라는 의문을 품었던 아인슈타인부터 "우리는 왜 이 제품을 만드는가?"라는 스티브 잡스의 질문까지, 세상을 바꾼 사람들은 질문을 통해 새로운 길을 열었다.

물리학자 아인슈타인은 이렇게 말했다. "질문이 정답보다 중요하다. 곧 죽을 상황에 처해도 단 1시간이 주어진다면 나는 55분을 질문을 찾는 데 할애할 것이다. 올바른 질문을 하면 답을 찾는 데 5분도 걸리지 않는다." 현대 경영학의 창시자이자 커뮤니케이션의 대가 피터 드러커 역시 무조건 조언하는 대신 예리한 질문으로 고객을 컨설팅한 것으로 유명하다.

이렇듯 질문의 힘은 강력하다. 좋은 질문을 하면 대화의 주도권을 가질 수 있고, 때론 대답보다 질문이 더 큰 영향력을 발휘한다. 미적지근하고 겉도는 대화에서 벗어나고 싶다면 상대가 대답하고 싶은 질문을 건네보자. 다른 관점으로 질문을 던지면 답변하기 어려운 대답을 수월하게 끌어낼 수 있다.

대화의 맥을 잇는 질문

질문의 힘을 활용하려면 대화의 상황에 따라 다르게 질문해야 한다. 질문에는 닫힌 질문과 열린 질문이 있다. '예' 혹은 '아니요' 라는 대답이 나올 수 있는 것은 닫힌 질문이다. 닫힌 질문을 하면 대화를 이어나가기 어렵다. 물론 닫힌 질문이 대화에 늘 부정적인 것은 아니다. 상황에 따라 '예' 혹은 '아니요'라고 간결한 답변을 들어야 하는 경우도 있다.

예를 들어 상대방의 의사를 확실하게 알아야 할 때는 열린 질문으로 부드럽게 "어떻게 생각하세요?"라고 묻기보다는 "그 날짜까지 가능하신가요?", "이 일을 진행하실 겁니까?"라고 당장 결정을 내려야 하는 닫힌 질문이 훨씬 효과적이다.

반면 서술형 답변을 끌어내는 것은 열린 질문이다. "이것에 대해 어떻게 느끼셨나요?", "그 부분을 어떻게 생각하시나요?"라고 질문하면 상대의 생각을 들을 수 있고, 꼬리에 꼬리를 문 다른 질문을 통해 대화를 이어갈 수 있다.

• 닫힌 질문 : 지금 다니고 있는 직장에 만족하시나요?
• 답변 : 네.(혹은 아니요.)

- 열린 질문 : 지금 다니는 직장은 어떤 점이 좋은가요? 얼마나 더 다닐 계획이세요?
- 답변 : 승진 기회가 많아서 좋아요. 일은 힘들지만 사람들과 관계도 좋고요. 앞으로 꾸준히 다닐 생각입니다.

- 닫힌 질문 : 지금 만나는 사람과 결혼할 거니?
- 답변 : 네.(혹은 아니요.)

- 열린 질문 : 앞으로 그 사람하고 어떻게 할 계획이니?
- 답변 : 글쎄, 곧 진지하게 이야기를 나눠보려고 해. 내년에는 결혼 준비를 시작했으면 하거든.

이처럼 질문에 따라 답변이 달라지므로 어떤 답변을 원하는지를 먼저 생각하고 상황에 맞는 질문을 해야 한다.

대화가 술술 풀리는 표현 방식

상대방과 진솔한 대화를 나누고 싶은데 몇 마디 건네지 못하고 대화가 끊어진다면 열린 질문의 힘을 사용해보자. 상대방의 생각을 물어보거나 되묻는 방법으로 호응을 얻을 수 있다. 다음은 닫힌 질문의 사례로 대화가 계속 끊어지는 느낌이다.

- 삼촌: 고3인데 수능 준비 잘돼가지?
- 조카: 네, 그럭저럭요.
- 삼촌: 힘들지?
- 조카: 다 그렇죠, 뭐.
- 삼촌: 어려운 건 없니?
- 조카: 네.
- 삼촌: 그래.

삼촌은 조카에게 관심을 표현하려고 대화를 시도했지만, '예', '아니요'라는 짧은 답변을 유도하는 질문만 하다 보니 대화를 이어나갈 수 없다. 이처럼 닫힌 질문은 자칫 어색한 분위기만 키울 수 있다. 대화를 이어나가려면 폭넓은 대답을 유도할 수 있는 열린 질문과 되묻기를 이용하는 것이 좋다.

- 삼촌: 요즘 수능 준비 어떻게 하고 있니?
- 조카: 독서실도 다니고 인터넷 강의도 들으면서 공부해요.
- 삼촌: 인터넷 강의? 이야, 대단하네. 다들 힘들다고 하던데. 가고 싶은 학교랑 전공은 정했어?

- 조카 : 저는 회계학을 배우고 싶어서 그쪽으로 생각하고 있어요.
- 삼촌 : 회계학과? 네가 회계 쪽에 관심이 많구나. 멋지다. 회계학을 전공하면 어떤 일을 할 수 있는데?
- 조카 : 회사 재무팀에서 근무할 수도 있고 회계사 자격증을 취득할 수도 있어요.
- 삼촌 : 너는 야무져서 잘할 거야. 수험 준비는 체력 싸움이야. 든든하게 먹고 다녀야 한다.
- 조카 : 감사해요, 삼촌.

되묻기는 상대의 대답 중에서 핵심 단어를 선택해 다시 묻는 것이다. 이것은 경청과도 관련이 되며 상대방에 대한 관심을 표현하는 방식이기도 하다. 회계학을 배우고 싶다는 조카의 말에 "회계학과?"라고 되물으면 상대는 지금 나누고 있는 대화가 형식적인 것이 아니라고 느낀다.

질문할 때 잊지 말아야 할 것은 너무 많은 질문은 오히려 침묵보다 못하다는 것이다. 대화의 맥을 끊을 수 있기 때문이다. 답변이 채 끝나기도 전에 또 다른 질문을 하는 것도 대화에 걸림돌이 될 수 있다. 좋은 질문을 통해 유연한 대화를 해보자.

09

모든 사람들을
대화에 끌어들이는 기술

"단 한 명도 소외되지 않는 대화 방법이 있다."

모든 사람들이 자연스럽게 대화에 참여하면 분위기가 좋아
진다. 대화에 적극적으로 참여하지 않는 일부 사람들도 소
외감을 느끼지 않도록 배려하는 감각이 필요하다.

소영 씨는 어떤 모임에서든 환영받는 인기인이다. 그녀는 함께 자리한 모든 사람들을 대화에 참여시켜 누구 하나 소외되는 일이 없다. 누군가는 모를 만한 화두가 등장하면 그녀는 간략히 상황을 설명하고, 사람들이 관심에서 벗어나지 않도록 중간중간 질문을 던진다. 또한 상대방은 어떻게 생각하는지 의견을 구하기도 한다. 소영 씨가 참석하는 모임은 모든 사람들이 자연스럽게 대화에 참여하여 화기애애한 분위기가 지속된다. 이러한 센스 덕분에 사람들은 그녀가 없는 모임을 생각할 수 없다.

방송인 중에서도 이런 센스가 남다른 사람이 있는데 바로 유재석이다. 김미경 강사도 〈스타특강 SHOW〉에서 '유재석이 비싼 이유'라는 주제로 강연을 했다. '예능 1인자'이자 '명품 MC'로 꼽히는 유재석의 말하기 방식 중 가장 큰 장점은 바로 참여자의 대화를 적절히 배분하는 능력이다. 김미경 강사는 특히 유재석이 진행하는 모습에서 참여자가 10명이라면 10명 다 골고루 말할 기회를 주는 점을 칭찬했다. 대화에서 소외되지 않도록 상대방을 배려하는 모습, 그것이 바로 대중이 방송인 유재석을 좋아하고 방송 관계자들도 극찬하는 이유일 것이다.

누구나 말할 기회를 주어라

셋이서 대화를 하다 보면 의도하지 않았는데도 둘만 아는 대화를 할 때가 있다. 그러면 나머지 한 명은 자연스럽게 소외된다. 가장 좋은 방법은 세 명 모두 아는 이야기를 하는 것이다. 그렇지 못한 상황이라면 둘만 아는 내용을 다른 한 명에게 간략하게 설명하고 대화를 이어가야 한다. 그래야 어느 한 사람이 불편하지 않을 것이다.

눈치 없이 둘만 아는 이야기를 성급히 끝내 버리거나 둘만 들리도록 속닥거려서 한 사람을 소외시키는 경우도 더러 있다. 이것은 기본적인 예의에 어긋나는 행동이다. 여러 명이 있는 자리에서 커뮤니케이션을 할 때는 반드시 이 점을 주의해야 한다.

- 민희 : 수진 언니 소식 들었어? 청첩장 돌렸대.
- 설아 : 어머, 진짜? 수진 언니가 정말 결혼한대?
- 윤아 : 수진 언니? 수진 언니가 누군데?
- 민희 : 아, 너는 모를 거야. 우리 대학 선배거든.
- 설아 : 근데 진짜 결혼을 하긴 하네.
- 민희 : 그러니까 말이야. 청첩장 볼래?
- 윤아 : …….

둘만 아는 이야기를 꺼낼 때는 내용을 모르는 사람을 배려해서 간략하게 설명해야 한다. 모든 정보를 낱낱이 알려주는 것이 아니라 '당신도 이 대화에 참여하기를 원해요'라는 느낌만 전달하면 된다.

- 민희 : 수진 언니라고 우리 대학교 때 되게 인기 많았거든. 완벽한 독신주의자였는데 결혼한다고 청첩장을 돌렸나 봐.
- 윤아 : 아, 그래? 나도 사진 좀 보여줘.

최근 지혜 씨는 아이의 학부모 모임에서 느꼈던 불쾌한 감정을 지울 수 없었다.

"원래는 아이들 이야기하고 수다 떨려고 만난 거였어요. 그런데 나까지 달랑 셋이 모였는데도 계속 둘만 아는 이야기를 하는 거예요. 남편들이 같은 회사 직원이라 통하는 게 많았던 건지……. 뭐, 회사에서 주는 혜택 같은 것을 공유하면서 그거 했냐고 서로 물어보기도 하고……. 처음에는 무슨 얘기를 나누는지 파악하려고 쓸데없이 긴장했는데, 꽤 오래 내가 모르는 이야기만 하니 괜히 휴대폰만 만지작거리다가 점점 기분이 나빠져서 집에 가고 싶더라고요."

함께 대화에 참여시키기 어려운 내용이라면 잠깐 양해를 구하는 것도 방법이다.

"지혜 씨, 미안해요. 남편들이 같은 회사에 다녀서, 잠깐만 회사 얘기해도 괜찮죠?"

두 사람이 양해를 구하고 회사 이야기를 짧게 끝냈다면 지혜 씨도 기분이 상하지 않았을 것이다. 함께하는 자리에서 혼자만 대화에 참여하지 못하면 소외감이 크다. 이런 일이 반복되면 그 모임이나 상대방을 꺼리게 된다.

모든 사람들이 참여할 수 있는 소재로 대화를 끌어가기가 쉽지는 않겠지만, 최소한 일부 사람들이 소외되지 않도록 배려하자.

상대방을 신뢰한다는 표현이나 상대방의 행동에 의미를
부여하는 말은 누군가의 인생을 바꾸는 계기가 될 수도 있다.

10
칭찬할 땐
아낌없이 쏟아주기

"칭찬도 배워야 잘한다."

사람들은 자신을 인정해주는 사람에게 마음을 연다. 그래서 칭찬은 좋은 피드백의 역할을 한다. 진심 어린 칭찬을 하고 싶다면 모호한 말보다 상대에게 느낀 감동과 격려를 명확하게 표현하는 방법을 배워보자.

"사람들은 누구나 칭찬을 좋아한다." 링컨 대통령이 어떤 편지의 서두에 썼던 문구이다. 사람들은 누구나 자신의 가치를 남에게 인정받기를 원한다. 칭찬의 기제(인간의 행동에 영향을 미치는 심리 작용이나 원리)는 인정 욕구이다.

자신이 중요하고 가치 있으며 집단에서 필요한 사람이라고 느끼고 싶은 것은 인간의 본능이다. 그렇기 때문에 사람들은 자신을 인정해주는 사람에게 마음을 연다. 이는 과학적으로도 증명된 것이다. 칭찬을 받으면 행복을 느끼게 하는 신경전달물질인 도파민이 분비되어 기분이 좋아진다고 한다.

미국 브리검영 대학교 교육학과 폴 칼다렐라 박사는 칭찬과 질책이 아이의 성적에 미치는 영향을 조사했다. 5세에서 12세까지 학생 2,536명을 3년간 관찰한 결과 질책 대비 칭찬 비율이 높을수록 수업 집중도가 높게 나타났다. 수업할 때 칭찬이 질책보다 집중력을 최대 30퍼센트 높여준다고 한다.

고래를 춤추게 하는 칭찬

스피치 그룹 수업이 시작되고 수강생끼리 익숙해질 때쯤 나는 서로를 칭찬하는 시간을 가진다. 그런데 막상 서로 칭찬해보라고 하면 갑자기 분위기가 머쓱해지고 좀처럼 입을 떼지 못한다. 얼굴에는 '칭찬을 하고 싶은' 마음이 역력하지만 대부분 '너무 좋으신 것 같아요'처럼 모호한 말 한마디를 건넬 뿐이다. '좋다'는 말 한마디에는 많은 의미가 내포되어 있지만, 상대에게 느낀 감동과 격려를 명확하게 표현할 수는 없다.

전문가들은 우리나라 사람들이 칭찬에 인색한 것은 동서양의 문화 차이라고 설명한다. 동기부여의 수단으로 서양인들은 칭찬을 사용하고, 동양인들은 질책을 사용하는 경향이 크다고 한다. 주마가편走馬加鞭, 즉 '달리는 말에 채찍질한다'는 사자성어에서도 볼 수 있듯이 더 잘하라는 말을 질책으로 표현한다. 이런 문화적 차이 때문에 질책에는 익숙하지만 칭찬에는 인색하다는 것이다.

그러다 보니 칭찬을 잘하지도 못하고, 잘못된 칭찬을 하는 경우도 많다. 칭찬이라면 다 좋은 것 아닌가? 나쁜 칭찬도 있나? 이렇게 생각하는 사람들이 있을 것이다. 칭찬은 사람을 즐겁게 하고 관계를 긍정적으로 변화시킨다.

하지만 오히려 좋지 못한 영향을 주는 칭찬도 있다. 예를 들어 결과만 보고 아이를 칭찬한다면 힘들고 어려운 일이 생겼을 때 포기하기 쉬운 성격을 갖게 된다. 따라서 결과가 아닌 과정을 칭찬하는 것이 좋다. 올바른 칭찬을 하려면 다음 3가지를 염두에 두자.

첫째, 진정성을 담아 칭찬하자. 영혼 없는 칭찬은 오히려 불신을 초래한다. "김 대리가 역시 잘하네. 앞으로 PPT 정리는 김 대리가 해", "진경 씨는 살 안 쪄서 좋겠다. 그렇게 예민하니 살이 안 찌나?" 이처럼 진심이 느껴지지 않는다면 아무리 칭찬이라도 나를 향한 시샘을 에둘러 표현했거나 무언가를 바라고 하는 아부로 여긴다.

또한 부탁을 하거나 상대를 컨트롤하려는 의도가 노골적으로 드러나는 칭찬은 오히려 불편하다. 이런 칭찬은 아무도 달가워하지 않는다.

둘째, 과정을 근거로 들어 칭찬하자. 뭉뚱그려서 단순하게 잘한다고만 칭찬하지 말고 상대방이 노력한 과정과 근거를 명확하게 언급해야 진정성이 느껴진다. "잘했다", "대단하다"라는 말보다 "준비된 자료가 설득력이 느껴지네", "팀을 위해 애쓰는 모습을 보니 우리 팀에 김 대리가 있어서 아주 든든해"라고 근거를 들어가면서 칭찬하는 것이 좋다.

아이에게 "시험 너무 잘 봤네"라고 하는 것보다 "시험 준비를 열심히 하더니 좋은 성적을 냈구나"라고 과정에 대해 칭찬하는 것이 좋다. 결과만 두고 칭찬하다 보면 지나친 열등감이나 결과지상주의에 빠질 수 있다.

셋째, 칭찬할 때는 아낌없이 표현하자. 몇 년 전 축구 중계를 하던 아나운서가 골을 넣은 축구 선수를 향해 잘못된 표현을 해서 질타를 받은 적이 있다. 아나운서는 경기를 승리로 이끈 골 장면에 대해 "이런 것을 주워 먹었다고 표현해도 될까요?"라고 말했다. 이에 축구선수 출신인 다른 해설위원은 "이건 주워 먹은 게 아니다. 잘한 거다"라고 반박했다. 칭찬받아 마땅한 결과를 쉬운 것으로 간주해버린 아나운서의 발언은 적잖은 논란을 빚었다.

상대가 칭찬받을 만한 상황에서는 아낌없이 박수를 쳐주자. "그 정도면 잘했군", "이만하면 훌륭해", "그럭저럭 괜찮았어"와 같은 말들로 칭찬에 제한을 두지 않았는지 다시 한 번 생각해보자.

한 사람이 정신적으로 온전히 성장하기 위해서는 주변 사람들의 다양한 피드백이 필요하다. 칭찬은 좋은 피드백의 역할을 한다. 우리의 칭찬 한마디가 상대에게 큰 용기와 힘을 북돋워주고, 문제 해결력을 증진할 수 있다. 진심 어린 칭찬으로 주변 사람들에게 긍정적인 영향을 주자.

칭찬받고 싶은 것은 인간의 본능이다. 그러므로 자신이 중요하고
가치 있다는 것을 인정해주는 사람에게 마음을 연다.

11

상처 주지 않고
정중하게 거절하는 법

"상처 주지 않고 거절하는 법은 따로 있다."

적절하지 못한 요구는 정중하게 거절하는 것이 장기적으로
나와 상대방의 관계를 지속하는 방법이다. 상대가 권한 것
에 대해 예의를 지키며 거절하는 방법을 알아보자.

주호 씨는 거절을 못 하는 사람이다. 본인도 거절을 못 하는 성격 탓에 감당해야 할 일들이 많아진다는 것을 알고 있지만 고치기가 쉽지 않다. 특히 상대방의 딱한 사정을 들으면 거절하기 어렵다. 게다가 상대방보다 본인이 좀 더 잘 아는 분야라면 '그 사람이 고생하는 것보다 내가 조금 더 고생하고 말지'라고 생각한다.

주호 씨는 자신이 '매몰차게 거절하지 않는 사람'이라는 이미지로 굳어졌다고 생각하기에 거절하기가 더 불편하다. 그리고 거절했을 때 상대방이 당황해하는 모습을 보기도 불편하다.

주호 씨는 부탁을 들어줄 상황이 아닌데도 거절을 못 해서 굳이 참석하지 않아도 되는 모임에 나가느라 소중한 시간을 뺏긴다. 지인들 부탁으로 필요하지 않은 물건을 사는 경우도 많다. 일상생활뿐만 아니라 회사에서도 이 사람 저 사람의 부탁을 들어주다 보니 업무량은 늘어나고, 결과물의 완성도가 떨어진다.

많은 사람들이 거절은 '나'만을 위한 이기적인 생각이라고 여기기 때문에 쉽게 거절하지 못한다. 하지만 정중하게 거절하는 것이 오히려 상대방을 위한 일일 수도 있다. 내가 감당하기 벅찬 문제를 끌어안는 것보다 상대방이 더 좋은 조언을 해줄 수 있는 사람을 찾는 것이 더 낫다.

하지만 주호 씨처럼 거절하는 말을 꺼내려고 하면 목소리가 작아지고 말끝을 흐리다가 상대방이 원하는 방향으로 넘어가는 사람들이 적지 않다. 자신의 원칙과 수용 가능한 한계선을 고려하지 않고 본인만 희생하면 된다고 생각하기 때문이다.

거절한다고 나쁜 사람이 되는 건 아니다

대만의 유명 심리 전문가이자 《거절 잘해도 좋은 사람입니다》의 저자인 양지아링은 거절하지 못하는 가장 큰 이유는 "스스로의 심리적 경계선이 명확하지 않기 때문"이라고 말한다. 이 경계선이 명확하지 않은 사람들은 타인의 평가에 민감하다고 한다. 부탁을 거절했을 때 혹시나 '소심하다'는 평가를 들을까 겁나고, 이기적인 사람으로 비쳐질까 봐 전전긍긍하는 것이다.

거절하지 못하는 사람들은 종종 '누군가의 어려움을 보는 것보다 내가 힘든 것이 낫다'고 생각한다. 그러다 보면 스스로 가지고 있는 '심리적 경계선'이 무너진다. 주호 씨도 마찬가지였다. "하루이틀 볼 사이도 아닌데, 내가 조금 더 힘든 게 오히려 마음 편하지." "싫은 소리 해서 뭐 해." "상대방에게 상처 주고 나쁜 사람이 되는 것이 더 견디기 힘들어." 이렇게 말하며 스스로를 달래왔다.

'심리적 경계선'을 명확하게 정하지 않으면 중요하고 시급하게 의사 결정을 해야 할 상황에서 합리적인 결정을 하지 못할 수 있다. 또한 수동적으로 끌려가면서 불합리한 대우를 견뎌야 한다. 참고 참다가 경계선이 무너지고 인내심이 폭발했을 때는 상대방이 한층 더 당황하고 그동안 쌓아온 신뢰마저 무너질 수 있다.

"지난번에 할 수 있다고 했으면서 지금에 와서 왜 안 된다는 거야?" "좋은 사람인 줄 알았는데 까칠하네." "그렇게 안 봤는데." 주호 씨가 도저히 할 수 없는 일들을 떠맡았다가 뒤늦게 어려움을 고백하면 상대방은 이런 반응을 보인다. 주호 씨가 말을 바꾸는 이상한 사람이라고 생각할 수 있는 것이다. 이런 상황이 벌어지면 상황을 수습하기가 더 어렵다.

물론 서로의 관계와 이익을 위하여 적절하게 부탁을 들어주는 것이 좋을 때도 있다. 하지만 끊임없이 나를 희생해가면서 타인의 부탁을 들어주다 나의 심리적 경계선이 무너진다면 관계가 지속되기 어렵다. 부탁을 수락하는 것과 거절하는 기준, 그리고 심리적 경계선을 명확하게 세우지 않으면 똑같은 일이 반복되기 마련이다. 답보 상태에서 나아지려면 단호한 행동이 필요하다.

거절은 빠를수록 좋다

상대방의 적절치 못한 요구에는 정중하게 거절하는 것이 장기적으로 나와 상대방의 관계를 지속할 수 있는 방법이다.

정중한 거절을 위해서는 정중한 설명과 더불어 거절 의사를 빨리 표시하는 것이 좋다. 거절하기 어렵다고 시간을 끌면서 명확한 의사 표현을 미루는 사람들이 있다. 당장은 그 순간을 모면할 수 있어도 잘못된 기초 위에 쌓은 신뢰는 견고할 수 없다. 부탁을 수락했으나 이후 상황이 여의치 않아 결과물을 내놓지 못한다면, 상대방은 대안을 선택할 시간을 잃어버리게 된다. 받아들일 수 없는 것이라면 빨리 거절 의사를 밝히고 정중하게 이유를 설명하자.

민성 씨는 연말이라 회사 일로 정신없이 바쁘다. 심지어 같은 일을 하던 사수가 회사를 그만두어 더욱 바빠졌다. 보고서도 올려야 하고 회의 자료도 준비해야 하는데, 동료가 자신의 업무를 대신 처리해줄 수 없냐고 부탁했다.

많은 업무를 하루에 처리할 수도 있겠지만 업무의 완성도는 떨어지게 마련이다. 이렇게 업무가 과중한 상황에서는 동료의 요청을 분명히 거절해야 한다. 다만 퉁명스럽지 않고 정중하게 말한다.

"미안한데, 내가 지금 중요한 보고서를 작성 중이야. 이 일을 끝내고 다시 연락하면 안 될까?"

"상황은 이해하겠는데, 알다시피 내가 그것까지 관여할 여력이 없어. 정말 미안해."

감당할 수 없는 일을 받아들이기보다는 정중하게 거절하면 상대방도 나의 여건을 고려해볼 수 있다. 결과적으로 동료와 신뢰를 견고히 할 수 있는 계기가 될 것이다.

거절할 때는 미련을 남기지 마라

윤숙 씨와 경선 씨는 고등학교 동창이다. 그런데 어느 날 오랜 만에 경선 씨가 윤숙 씨에게 전화를 걸었다. 처음에는 가볍게 안 부를 묻던 경선 씨가 조심스럽게 말을 꺼냈다.

"윤숙아, 내가 갑자기 일이 좀 꼬여서 그러는데, 돈은 책임지고 갚을 테니까 보증 좀 서줄 수 없을까?"

윤숙 씨는 친구의 힘든 상황을 듣고 있자니 안타까운 마음이 들 었다. 생각 같아서는 얼마든지 경선 씨를 도와주고 싶었지만, 최근 윤숙 씨의 남편도 퇴직해서 집안의 경제 상황이 여의치 않았다. 경선 씨의 부탁을 무조건 들어줄 수도 없고, 그렇다고 매몰차게 거절하기도 미안했던 윤숙 씨는 잠시 고민하다가 이렇게 말했다.

"미안한데 경선아, 생각할 시간을 좀 줄래? 나 혼자 결정할 문 제가 아니라서 남편하고 상의해봐야 해."

그 자리에서 즉시 거절하기 어려운 상황이 있다. 결국 거절할 수밖에 없는 일이라면 대답을 조금 미뤄두는 것이 현명할 때도 있 다. 충분히 고민했지만 여력이 되지 않는다는 것을 상대방에게 전 달하기 위해서다. 나 혼자 결정할 수 없는 부탁을 받을 때도 있다. 주로 금전적인 문제가 그런 경우이다. 손익에 큰 영향을 미치는 중대한 계약이나 보증 문제는 의사 결정권자가 나 혼자만이 아님을 상대방에게 인지시키자.

살다 보면 부탁을 하는 경우도 있고, 부탁을 받는 입장에 놓이기도 한다. 사실 부탁을 듣자마자 거절 의사가 정해지는 경우도 많다. 다만 거절할 때 무성의하게 '싫다'고 말하면 상대가 마음의 상처를 입을 수 있다. 마치 부탁을 들어줄 것처럼 의례적인 표현을 해서 상대방에게 헛된 기대감을 주는 것도 좋지 않다. 이럴 경우 거절할 수밖에 없는 이유를 정중히 설명하고 서로 미련을 남기지 않아야 한다.

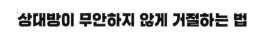
때때로 사적인 모임이나 만남을 거절해야 하는 경우가 생긴다. 이때는 먼저 초대에 대한 감사의 인사를 충분히 표현하자. 그리고 초대에 응할 수 없는 상황이라는 것을 설명해야 상대방이 서운한 감정을 갖거나 무안해하지 않는다. "정말 감사합니다. 그런데 아쉽지만 제가 그날 선약이 있어서요"라고 말하면 상대도 불쾌하지 않다.

거절의 말을 꺼내기 전에 감사의 인사를 먼저 해야 한다. "먼저 말해줘서 고마워요", "초대해줘서 고마워요", "생각해줘서 고마워요"라고 말한 다음 제안을 거절할 수밖에 없어서 아쉬운 마음과 다음 기회에는 꼭 참석하고 싶다는 표현을 하는 것이 좋다.

"너무 재밌을 것 같아요."

"정말 의미 있는 자리겠네요. 그런데 이번에는 참석하기 어려울 것 같아요. 다음에 또 기회가 생기면 그때는 꼭 같이하고 싶어요."

12

상대의 마음이 풀어지는
사과의 3단계

"사과에는 3단계 기술이 있다."

사람은 누구나 실수를 한다. 그리고 실수를 깨달았을 때의
반응은 저마다 다르다. 호감 가는 사람들은 자신이 잘못한
일을 솔직하게 받아들이며 진심을 담아 사과한다. 서로의
신뢰를 회복하기 위한 '의미 있는' 사과를 할 때 놓쳐서는
안 되는 것들이 있다.

번번이 취업에 실패하는 철수 씨는 매일 미안하다는 말을 입에 달고 사는 '쏘리맨'이다. 어느 날 그는 좁은 취업의 문을 포기하고 자신의 특기를 살려 사과 대행 회사인 '사과하기 좋은 날'을 창업했다. 사과 대행 서비스란 '사과를 하고 싶은 사람들의 의뢰를 받아 대신 사과를 해주는 것'이다. 이것은 연극 〈사과하기 좋은 날〉의 한 장면이다.

사과란 쉽고 단순하게 말해 '자신의 잘못을 인정한다'는 마음을 표현하는 것이다. 요즘은 SNS의 발달로 개인이 자신의 의견을 피력하는 행위가 활발해지면서 반사적으로 갈등의 횟수도 늘어났다. 더불어 사과하는 횟수도 늘어났는데 문제는 진정성이 결여된 사과가 많다는 것이다.

사람들이 진정성 없이 사과를 남발하면서 사과하는 의미가 퇴색되고 있다. 시쳇말로 '영혼 없는 사과'가 반복되다 보면 사과를 하는 사람이나 받는 사람도 무의미한 감정 소모를 느끼게 마련이고, 결국 서로를 신뢰하지 못하는 사회가 될 수밖에 없다.

서로의 신뢰를 회복하기 위한 '의미 있는' 사과는 어떻게 해야 할까? 사과라는 것은 지극히 주관적인 영역이어서 수치화하기도 어렵고, 사람에 따라 받아들이는 정도도 다르다. 그럼에도 불구하고 '의미 있는' 사과를 하는 방법은 분명 있다.

상대가 원하는 만큼 사과하라

두 해 전 tvN에서 방영하는 강연 프로그램 〈어쩌다 어른〉을 보다가 과연 상대가 '납득할 만한 사과'의 기준이 무엇인지 깊이 생각해보게 되었다. 다음은 성교육 강사 송경이 씨가 이야기한 경험담이다. 그분의 사례에서 얻은 교훈을 조금 더 쉽게 공감할 수 있도록 일인칭시점으로 옮겨보았다.

강연 중 쉬는 시간에 남학생 A가 저를 찾아왔어요. 그리고 이렇게 말을 꺼냈습니다.

"선생님, 수학여행 때 누군가 제 바지를 벗겼어요. 그리고 그 모습을 사진으로 찍기까지 했어요. 제가 친구들에게 하고 싶은 이야기가 있는데, 선생님 수업 시간에 10분 정도 이야기해도 될까요?"

저는 아이를 위해 선뜻 시간을 내주기로 했습니다.

A는 조심스럽게 그날의 아픈 기억을 털어놓기 시작했습니다.

한 달 전 수학여행에서 같은 반 남자아이들이 모여 베개 싸움을 하다가, 누군가 흥을 돋우기 위해 A의 하의를 벗겼습니다. 찰나에 불과했지만 아이들은 짓궂게도 휴대폰으로 촬영까지 했습니다. 뒤늦게 사건을 알게 된 담임선생님은 "야! 너네 서로 사과해! 휴대폰에서 사진 지워!"라고 이야기하며 일을 마무리했지만 정작 피해자인 A는 진심이 아닌 형식적인 사과였다고 느꼈답니다. A는 자신이 생각하는 '사과'에 대해 이렇게 이야기했습니다.

"선생님, 사과는요, 주는 게 아니라 받는 거예요. 저는 결코 사과를 받은 적이 없어요. 저를 괴롭힌 아이는 다시 사과해야 해요."

A는 그 일로 담임선생님까지 미워하게 되었습니다. 자신의 마음은 헤아리지 않고 급히 문제를 무마하려던 선생님의 모습에 실망했던 거죠.

"우리 담임선생님은 내 얘기는 듣지도 않았어요. 바지를 벗긴 친구는 담임선생님이 사과하라고 하니까 그냥 사과의 말만 한 거예요. 내가 무엇 때문에 힘들어하는지 알지도 못하면서 그냥 담임선생님이 시키는 대로 사과한 거예요. 시켜서 한 사과는 사과가 아닌 것 같아요. 사과는 상대가 받아야 진짜 사과예요. 그 친구들은 내가 풀릴 때까지 용서를 구해야 해요."

A의 이야기를 들은 담임선생님도 너무나 가슴 아파했습니다. 상황을 빠르게 해결하려다 아이의 마음에 깊은 상처를 주었다는 것을 깨달은 것이죠. A는 같은 반 친구들에게 '그날'의 후유증을 이렇게 털어놓았습니다.

"나는 그날 이후로 잠옷을 붙들고 자. 누군가 내 옷을 벗길 것 같아서. 나…… 밤마다 팔이 아파 죽겠어. 그래서 나는 너희가 싫어."

누가 시키지도 않았는데 그날 A에게 장난이라는 이유로 상처를 주었던 한 아이가 앞으로 나와 무릎을 꿇었습니다. 그리고 아주 작은 목소리지만 진심을 담아 "미안해⋯⋯"라고 했습니다. A는 친구에게 이렇게 말했습니다.

"나랑 같은 방에 있었던 너희도 전부 다 나에게 상처를 줬어. 너희는 손뼉 치면서 '몰아! 몰아! 걔 사진 찍어! 야! 도망 못 가게 문 잠가!'라고 했잖아. 너희는 왜 나한테 사과 안 해? 너희도 사과해."

그제야 아이들이 한 명씩 "미안해" 하고 진심으로 사과하기 시작했습니다. 그리고 A가 이렇게 말하더군요.

"내가 꿈을 꾸지 않게 되면 그때 사과를 받아줄 거야. 하지만 난 아직도 그때 꿈을 꿔."

사과할 때 놓치지 않아야 할 것들

'의미 있는' 사과란 피해 입은 상대방의 마음을 움직여야 한다. 그렇다고 해서 잘못을 저지르고도 상대방이 용서할지 안 할지 모르는데 굳이 사과할 필요 없다고 생각해서는 안 된다. 도저히 용납할 수 없는 잘못도 있겠지만, 진심으로 사과했을 때 관계가 호전되는 경우가 훨씬 많다. 우리는 사과할 때 다음 2가지를 반드시 기억해야 한다.

첫째, 사과할 기회를 놓치지 않아야 한다.

소영 씨는 몇 년 전 한 친구의 마음을 상하게 했다. 의도하지 않게 그 친구가 숨기고 싶어 했던 개인 사정을 다른 사람에게 얘기해버린 것이다. 그러나 소영 씨는 친구에게 사과할 기회를 놓치고 말았다. 미안한 마음은 들었지만 어떻게 말을 꺼내야 할지도 몰랐고, 자신의 잘못을 되짚어볼 용기도 나지 않았다. 결국 그 일을 계기로 친구와의 인연이 끊어졌다.

한참이나 시간이 지난 후에도 소영 씨의 가슴에는 친구에 대한 미안함이 마음의 짐으로 남아 있다. 문득 그 일이 떠오르면 무거운 바윗덩이가 마음을 짓누르는 듯한 느낌이다.

한번 사과할 기회를 놓치면 관계를 다시 되돌리기 힘들다. 상대에게 잘못했다면 사과의 말을 전할 기회를 놓치지 말자.

둘째, 사과의 말을 전하는 데도 기술이 필요하다. 사과할 때는 반드시 3단계를 거쳐야 한다. 먼저 내 잘못을 인정하고, 재발 방지를 약속하고, 상대의 용서를 끝까지 기다리는 것이다. 내 잘못을 확실하게 인정하는 것부터 사과가 시작된다.

사과의 사전적 의미는 '자기의 잘못을 인정하고 용서를 비는 것'이다. 사람들은 실수를 인정하는 단계에서 본능적으로 자기 합리화를 한다. "사실 내가 일부러 그런 게 아니고 그 사람 때문이야." "나는 그러고 싶지 않았어." 내 과실만은 아니라고 변명하거나 억울함을 호소하려고 자기방어에 가까운 이유를 들먹이는 사람들이 많다. 이런 말에서는 진정성을 느끼기 힘들다. 상대방에게 용서를 받고 싶다면 잘못을 확실히 인정하자. 그리고 잘잘못을 따져서도 안 된다.

"정말 미안해. 그런데 나만 잘못한 건 아니지 않아? 사실 너한테도 책임이 있잖아."

"미안해. 그런데 내가 애초부터 하지 말자고 했잖아."

이런 식으로 책임을 피해자에게 떠넘기는 태도는 삼가야 한다. 비록 나 혼자만의 일방적인 잘못이 아니라 하더라도 내가 먼저 잘못을 인정하면 상대방과의 관계를 회복할 기회가 생긴다.

사과의 말을 하는 과정에서 잘잘못을 꺼내면 진정성이 결여되어 보인다. 상대방의 잘못을 언급하고 싶다면 먼저 사과한 후 충분히 시간을 두고 감정이 차분하게 가라앉았을 때 꺼내는 것이 좋다. 그다음에는 재발 방지를 약속한다.

"어쨌든 미안해."

"내가 잘못한 게 있다면 사과할게."

"사실관계 여부와는 상관없이 사과할게."

이런 말은 사과의 진정성을 떨어뜨리고 의도를 전달하기 어렵다. 무엇을 사과하고 싶고 어떤 부분에서 잘못을 했는지 정확히 인지하고 있다는 것을 상대방이 느껴야 한다. 어떤 점을 잘못했는지 정확하게 인정한 후에 "다시는 그러지 않을게", "앞으로 이런 일은 없을 거야"라고 같은 잘못을 저지르지 않겠다고 약속해야 상대방이 진심으로 신뢰할 수 있다.

상대가 사과를 받아들이지 않을 때는 받아들일 때까지 계속 사과해야 한다. 내 입장에서는 충분히 사과했다고 생각하는데 상대방이 받아들이지 않으면 되레 억울한 마음이 들기도 한다.

"이만큼 사과했으면 너도 화를 풀어야지. 나도 할 만큼 했잖아."

"그럼 도대체 어쩌라는 거야. 내가 무릎 꿇고 빌기라도 해야 속이 시원하겠어?"

이런 생각이 든다면 앞에서 언급한 A군을 생각해보자. 상대방의 마음을 다치게 하고, 그 사람이 치유되는 시점조차 내가 정한다는 것은 사리에 맞지 않다. 미안하다는 한마디로 풀릴 상황이 있고, 그렇지 못한 상황도 헤아릴 수 없이 많다. 진정한 용서를 구하고 싶다면, 진심을 전하고야 말겠다는 마음가짐으로 상대방의 마음이 풀릴 때까지 몇 번이고 사과해야 한다. 기다림 또한 사과의 일부이기 때문이다.

사람은 누구나 실수를 할 수 있다. 그 일로 사과를 해야 한다면 타이밍을 놓치지 말고 상대의 마음이 움직일 수 있도록 진심을 다하자. 그래야 소중한 사람을 잃지 않는다.

13

집중력을 빨아들이는
스토리텔링의 힘

"스토리텔링을 하면 말을 효과적으로 전달할 수 있다."

같은 이야기도 누가 어떻게 하느냐에 따라 듣는 사람의 집중도가 달라진다. 스토리를 중심으로 눈에 보이듯 전달하면 사람들의 집중을 유도할 수 있다. 효과적으로 말하고 싶다면 스토리텔링 기법을 사용해보자.

스토리텔링이란 '스토리story'와 '텔링telling'의 합성어로 '이야기하기'라는 뜻이다. 스토리텔링의 목적은 상대방에게 알리고자 하는 것을 조금 더 재미있고 생생한 이야기로 풀어서 오래 기억되도록 전달하는 것이다. 흥미를 유발할 만한 주제에 그럴듯한 상상력을 더하면 듣는 사람들은 더욱 집중하고 설득력을 얻게 된다.

몇 년 전 입원한 동생을 간병하기 위해 6인실에서 함께 지낸 적이 있다. 어느 날 저녁 반쯤 젖힌 커튼 너머로 옆자리에 입원한 아주머니의 목소리가 들려왔다.

"아, 글쎄, 바로 그때 그놈 마누라가 들이닥치더라고. 눈에 쌍심지를 켜고 남편한테 손을 올려붙이는데……."

아주머니의 이야기는 점점 더 흥미진진했다. 뒷이야기가 너무 듣고 싶어서 나와 동생은 자연스럽게 옆자리에서 들려오는 아주머니의 소리에 집중할 수밖에 없었다.

한참을 전쟁 같은 사랑 이야기에 빠져 있었는데, 당시 방영되던 일일드라마 줄거리였다는 것을 알고는 실소를 머금었다. 아주머니의 실제 경험담이 아닌 것을 깨닫자 조금은 허무하기도 했다.

그 아주머니처럼 같은 내용도 생생하고 재미있게 들려주는 사람이 있는가 하면, 재미있는 내용도 지루하게 이야기하는 사람도 있다. 같은 이야기를 전달할 때도 누가, 어떻게 하느냐에 따라 듣는 사람의 집중도가 달라진다.

사람들은 스토리에 반응한다

어느 공원에 시각장애인 한 명이 남루한 차림으로 앉아 있었다. 그의 앞에는 허름한 그릇이 하나 놓여 있었는데, 사람들은 텅 빈 그릇을 본체만체 발걸음을 재촉했다. 외로운 시각장애인의 목에는 "저는 맹인입니다. 도와주세요"라고 적힌 종이 팻말이 걸려 있었다. 어느 날 영국의 시인 조지 고든 바이런이 산책을 하다 그 시각장애인을 발견했다. 바이런은 시각장애인의 팻말을 다음과 같이 바꿔놓았다.

"봄이 왔습니다. 하지만 저는 그것을 볼 수 없습니다."

이 한 줄이 사람들의 마음을 움직였다. 시각장애인을 도와주고 싶은 마음을 불러일으킨 것이다. 사람들은 시각장애인을 향해 도움의 손길을 내밀었고, 비어 있던 그릇은 돈으로 가득 찼다.

한 줄의 짧은 글이 얼마나 큰 힘을 발휘하는지를 알 수 있다. 스토리텔링은 사람들의 감정을 움직이고 설득력을 배가시킨다.

1991년 일본의 최대 사과 경작지인 아오모리현에 예측하지 못한 큰 태풍이 불어닥쳐 수확을 앞둔 대부분의 사과 농장이 큰 피해를 입었다. 무려 90퍼센트가 낙과했고 사과나무에는 오직 10퍼센트의 사과만 남게 되었다. 유일한 생계수단이 사과 농사였던 농민들은 절망적인 재해에 한숨만 내쉬고 있었다. 그러다 한 농부가 태풍 속에서도 떨어지지 않고 살아남은 사과를 보며 문득 다음과 같은 생각을 했다.

'태풍에도 견뎌낸 저 사과가 입시를 앞둔 수험생들에게 희망의 상징이 될 수 있지 않을까?' 농부는 10퍼센트의 사과에 '떨어지지 않는 사과'라는 이름을 붙이고 합격 도장을 찍어 출하했다. 재배 농가들은 태풍을 견뎌낸 10퍼센트의 사과를 전국의 수험생들에게 판매하기 시작했다. 이 사과는 보통 사과보다 10배 이상 비싼 가격에도 날개 돋친 듯 팔려나갔다.

당시 뉴스에 따르면 아오모리현의 '떨어지지 않는 사과'는 총 30만 상자가 판매됐고, 출하량은 전년 대비 30.7퍼센트 급감했으나 판매액은 오히려 30퍼센트 증가했다고 한다.(〈다큐프라임, 이야기의 힘〉 3부-스토리텔링의 시대, EBS, 2010)

메시지를 효과적으로 전달하는 법

'바이런의 일화'와 '아오모리현의 사과'에는 사람의 마음을 움직이는 특별한 스토리가 있다. 천재 시인 바이런도 아니고, 아오모리의 농부처럼 번뜩이는 창의력도 없는 우리는 흥미로운 스토리텔링을 만들 수 없는 것일까? 그렇지 않다.

사실 스토리텔링은 그리 거창한 것이 아니다. 《스토리텔링의 기술》(클라우스 포그 외)은 좋은 스토리텔링을 위해 필요한 4가지 핵심 요소로 메시지, 플롯(구성), 등장인물, 갈등을 소개한다. 다음 에피소드에서 각각의 요소가 언제 어떻게 쓰였는지 한번 살펴보자.

공무원인 지원 씨는, '주정차 단속 문자 알림 서비스'가 지역주민들에게 제대로 홍보되지 못해 유명무실한 것을 알게 되었다. 지원 씨는 이 문제를 주제로 '공공 서비스 개선 아이디어 경진대회'에서 프레젠테이션을 했다. 그녀는 발표에 앞서 이렇게 이야기를 시작했다.

"며칠 전 점심에 구내식당을 나오는데 어머니에게 전화가 왔습니다. 어머니는 잔뜩 화가 난 목소리로 이렇게 말씀하시더군요. '너는 공무원이라는 애가 주정차 단속 문자 알림 서비스가 있다는 얘기도 안 해주고 뭐 했니. 슈퍼 앞에 잠깐 차를 세웠다가 주정차 카메라에 찍혔는데, 슈퍼 아저씨 말로는 주민센터에서 미리 문자 알림 서비스를 등록하면 카메라에 찍히기 전에 문자로 알려줘서 벌금을 피할 수 있다더라. 그런 건 왜 얘기를 안 해준 거야.' 이처럼 일상생활에서 꼭 필요한 행정 서비스를 우리 부모님들은 모르고 계시는 경우가 많은 것 같습니다. 저같이 무심한 딸을 두신 우리 부모님들을 위한 홍보 방안을 생각해봤습니다. 그럼 발표를 시작하겠습니다."

지원 씨의 짧은 이야기 속에 들어 있는 스토리텔링의 4가지 요소를 발견했는가? 우선 지원 씨의 어머니가 '인물'로 등장한다. 지원 씨는 어머니의 이야기를 통해 '주정차 단속 문자 알림 서비스 홍보가 필요하다'는 '메시지'를 전했다. 이야기 속에는 어머니가 주정차 단속을 피하지 못하고 벌금을 물게 된 '갈등'이 들어 있다. '플롯'은 지원 씨가 어머니와의 대화를 회상하는 흐름이다.

지원 씨가 건조한 말투로 발표 주제에 대한 당위성만 나열했다면 어땠을까? 아마 발표가 훨씬 딱딱한 느낌을 주었을 것이다. 하지만 지원 씨는 어머니의 사례로 시작해서 부드럽게 집중력을 높이고 프레젠테이션을 성공적으로 마쳤다. 지원 씨는 '공공 서비스 개선 아이디어 경진대회'에서 '우수상'을 수상했다.

전달하고자 하는 메시지를 보다 효과적으로 이야기하고 싶다면 스토리텔링 기법을 사용해보자. 스토리텔링을 활용하면 듣는 사람이 쉽게 이야기에 집중할 수 있어 말하는 사람의 설득력도 높아진다.

"생각이 말이 되고, 말이 행동이 되고, 행동이 습관이 되고, 습관이 인격이 되고, 인격이 한 사람의 인생이 된다."

마하트마 간디의 이 말처럼 아주 사소한 말의 변화는 태도와 행동을, 그리고 습관을, 이윽고 삶을 변화시키는 나비의 날갯짓이 된다.

이 책을 통해서 말하고 싶은 것은 3가지다.

첫째, 말실수만 줄여도 획기적인 이미지 개선이 가능하다.

둘째, 말하는 방식을 바꾸면 소통의 오해를 줄일 수 있다.

셋째, 끼어들기, 말 돌리기, 꼬투리 잡기 등과 같은 나쁜 말습관을 바꾸면 인간관계가 훨씬 부드러워진다.

문제는 내가 어떤 말습관을 가지고 있는지 모른다는 것이다.

자신도 미처 알지 못한 말습관은 자신의 이미지는 물론 인간관계에도 큰 영향을 미친다. 좋은 말습관이 호감을 주고, 좋은 말감각이 사람들을 끌어들인다. 성공은 인간관계에서 비롯된다고 한다. 그리고 인간관계는 상대에게 어떻게 말하느냐에 따라 달라진다.

'감각 있는 말습관'은 타고나는 것이 아니다. 얼마든지 훈련으로 좋은 말습관과 말감각을 기를 수 있다.

강의가 끝나고 수강생 한 분이 조심스럽게 말을 걸어왔다.

"강사님, 저는 인간관계의 폭이 얕고 좁은 게 너무 스트레스였어요. 저도 모르게 퉁명스럽고 쌀쌀맞은 말투가 튀어나와서 제 성격이 문제라고만 생각해왔거든요. 그런데 강사님의 정규 과정을 참석하면서 저의 말습관과 말감각이 진짜 문제였다는 것을 알게 되었어요. 요즘은 의도적으로 말 표현을 조심하고 주의를 기울이고 있는데, 주변 사람들에게 분위기가 많이 달라졌다는 이야기를 종종 들어요."

누군가에게 도움이 되었다는 얘기를 들을 때면 뿌듯함과 벅찬 감동이 밀려온다. 이왕이면 많은 이들에게 도움이 되기를 바라며 최선을 다해 이 책을 썼다. 결과적으로는 글을 썼던 시간들이 나를 부쩍 성장시키는 값진 시간들이 되었다.

책을 쓰면서 수강생을 비롯해 주변의 지인들과 말실수에 관한 후일담을 공유했다. 그들은 독자 여러분이 시행착오를 최소화하도록 기꺼이 자신의 경험담을 들려주었다. 이 간접경험이 유용한 팁이 되기를 바란다.

그동안 직간접적으로 나에게 영향과 영감을 준 분들에게 잊지 못할 은혜를 받았음을 감사하게 생각한다. 사랑하고 존경하는 부모님, 내 인생의 영원한 친구가 되어주는 동생들, 훈이 오빠, 언제나 나의 꿈을 응원해주는 남편, 매일 나를 성장시키는 딸 하임이에게 감사의 마음을 전한다. 고마운 마음이 '고맙다는 말'보다 더 커서 말로 다 전할 수 없음을 느낀다.

당당하게 말하기만 상처 주지 않는

말의 결

ⓒ 밀리언서재, 2020

초판 1쇄 발행 | 2020년 11월 15일
초판 5쇄 발행 | 2022년 07월 20일

지은이 | 이주리
펴낸이 | 정서윤
책임편집 | 추지영
디자인 | 정혜욱
마케팅 | 신용천
물류 | 비앤북스

펴낸곳 | 밀리언서재
등록 | 2020. 3. 10 제2020-000064호
주소 | 서울시 마포구 동교로 75
전화 | 02-332-3130
팩스 | 02-3141-4347
전자우편 | million0313@naver.com

ISBN 979-11-970511-3-5 03800

값 · 15,000원

이 도서의 국립중앙도서관 출판예정도서목록(CIP)은 서지정보유통지원시스템 홈페이지(http://seoji.nl.go.kr)와 국가자료공동목록시스템(http://www.nl.go.kr/kolisnet)에서 이용하실 수 있습니다.(CIP제어번호 : 2020046198)